そこにはススキの原がみわたすかぎりひろがって
波うつしげみに深く生まれたのでした
ナナカマドがあかく実をつけると
わたしは逢いに行くのです
雪が降らないうちにおいでください
せてくるのです

現代詩文庫 219

思潮社

田中郁子詩集・目次

詩集〈紫紺のまつり〉全篇

I

詩集〈雪物語〉全篇

エッセイ

作品論・詩人論

装幀・菊地信義

詩篇

詩集〈桑の実の記憶〉から

降りる

甲羅を　つぶされた蟹は
子供たちの　揶揄の真ん中に
たわいなく　壊された形の　無惨さ
の　脇腹から　子蟹が逃げまどう
親蟹であることの　無惨さ
と　いうものから
全身を　土の上に置いたまま
きれい　さっぱり
降りてしまうのだ
葬りのいらないまでに　陽に灼かれ

その人の　全身の形というものがあって
それは皮膚でおおわれているのだが
その下に　熱というものがあって
その人の　熱というものが
その人を　降りた
残りの形　というものが
喧騒な　夜のリズムに打たれ
カウンターの上に　うつぶせになり
つぶされた蟹の形をしている

戸外は　闇につつまれた空ろな岩窟だ
わたしは　出口のない時間を覚える
今　物音がないので
今　誰も行かないので
もし　できるなら
そこに　レオナルドの筆で
聖母を座らせてもらいたい
やさしいまなざしを残して
聖母が立ち去った気配の中を
背後のかすかな　あかりの方へ
白い小花と小石を踏んで
その人の肉体の

うなだれた頭や
力なくぶらさがっている腕や
地面にとどいている足というものを
四角い部屋の方へ
運ぶのだから
その人と生きた
愛も
愛でないものも
運ぶのだから

視界

走っている　乗用車の　フロントガラスに
雨が　はげしく　ぶつかってくる
日は暮れ
ライトの中で
雨は多すぎて　雨に見えない
雨は流れになって
まるごと　車を囲む
ワイパーが　力の限り視界を開こうとする
助手席のわたしは
ハンドルを握る男の視界に近づこうとする
度のきつい彼の眼鏡は
闇路の境界線をはずさないか
カーブにさしかかる
彼のハンドルは　視界の意志のままに
道をまがる
わたしの体がまがる
すると
ごうごうと鳴る風が　身をよじり
山肌を降りる
ざわめく樹々の先端から
一枚の葉が
濡れた路上に吸い込まれていく
逃亡者が　嵐の中をつっ走る
車の中に　わたしは乗りあわせたのか
わたしの中で

逃げよう　とするものがある
逃げても逃げても　逃げることのできない
血の濃さをもった声が
らちもない　ひとことではあるが
ヘッドライトのとどくあたりに
けだものの屍体の形をして　浮いてくる
わたしだけに視える……
乗用車は走る瞬間　あらゆる視界をひいていく
黄色いライトの前に浮いてくる
雨と風がまき起すもの
いなずまの神経のようなもの　を
四つのタイヤは　ひいて過ぎるのだが

底

ポスターの中でほほえむ男
彼は全生涯の最もうつくしい一瞬を賭けて
白い歯とやさしい目を正面にむけ
政治は変えられる　というあおい文字の上にほほえんで
　いる
彼は生きている人間以上にほほえみつづけ
夜も昼もほほえみとおすのだ
遺影とはことなる
いのちある人間　その当人として
ポスターの中で生きているもののように
ほほえむことを律法としている男だ
彼のほほえみに動きがないのは
それは単純なことだ
彼が貼り紙にすぎないからだ
だが　彼には役割がある
彼はその紙の中で生きているもののように
働かなければならない
それがほほえみかけるということだ
だから　しっかりとほほえんでいなければならないのだ

わたしが彼にあうところは　ちいさい集落の中だ
竹やぶの並ぶ一すじの道辺に

トタン囲いの小屋がある
ある日　彼はその壁に貼りつけられていた
その道を
ランドセルの女の子が過ぎ自転車の少年が過ぎ犬が爪の
　音をひびかせて過ぎる
病院にいく人も過ぎれば畑をたがやしにいく人も過ぎる
時がくれば　山つつじが袖をひろげたように咲くところ
　だ
貼られた彼は何かに支配されているように
おちてくる枯葉にほほえみ
ミズナラが放つ風の音にもほほえみ
吹きつける雨にもほほえみをくずすことはない
ほほえむことはこんなにも苦悩だったのかと
わたしが　その前でみつめると
彼の顔は一瞬　歪みくずれそうにみえ
また　動かないガラスのような目にほほえみがもどって
　いた
わたしは自分の唇がひきつるのを覚えた

夜がきた
夜露のおりる刻だ
あの竹やぶはしずまったか
土の奥底にうもれる人間のねむりはふかいか
木の葉をかさねる山肌よ
あのみすぼらしいトタンのひさしの下で
ポスターの中の彼はほほえみつづけ
漆黒の闇におおわれた集落の底で
その役割をわすれないだろう
世界は
遠い時間とともに
彼をそこに貼りつけたのだから

土の舞台

蓬《よもぎ》が氾濫して帰れない
軒先に蛇の抜殻がある位置に
重い夕ぐれが降りてくる

ぎゃあてーぎゃあてー
人間の声がとどく廃墟の屋根
蓬があお黒くさえぎっている

舞台に耐える一匹の蛇
自分の道を抜けて見せる
もう一度　あたらしく生まれるために

どうやって通り過ぎようか
わたしには出来ない包まれているものとの別れ

抜け殻の眼
恐ろしい邂逅《であい》の夕ぐれ
わたしの抜け殻か
逝く雲が走り心の中で言う
「ソンナハズハナイ」
ぎゃあてーぎゃあてー
蓬が人間の声を吸って伸びていく

畏れることの少ないわたしのために
恥らうことの少ないわたしのために
カラカラとそんな音がするのか
わたしの抜殻よ

蓬が氾濫して帰れない

桑の実の記憶

全身の重みをいちばん強い枝にかけ
桑の木に登った
葉かげで禁断の木の実を食べるアダムとエバのように
熟した桑の実は甘かった
あの時

いもうととわたしは
黙してその実を食べた

飢えの時
それから互いの口腔を見て
その　むらさきを笑った
誰にも聞こえない桑畑がいっしょに笑った
空も山も大人も遠のいた
わたる橋がゆれた
あの時

何も知らなかったわたしたち
流れる川が何を浮かべていたか
父たちが戦争で死んだことを
そしてまた一つ
わたしにはわからない
山々は静かすぎて
いもうとよ　あなたはあおざめて
何を織りなしているのか
とざされたガラスの部屋に半身の
さみしいたましいのまま
ここにいるのか

あの時にいるのか
消えた桑の実がまぶしい
そよぐ葉脈のうしろに
横顔のあなたはうつくしく
世界の横顔にたべられていく

桑の木から降りて久しいわたしは
とぼしいことばの上に全身をかけて
いもうとよ　あなたのように
何色が彩られようか
今　だれも食べない桑の実は
小石のように地にふまれ
むらさきの液になり
わたしの方へ流れてくる

広間

高い山にかこまれた　しぐれの多い村の人は　大きな声はださない　ひかえめな姿を畑に　いつとはなく　あらわし　草一本　生やさぬように耕していく　こっそり他人の持ち山に入り　自然薯《じねんじょ》をほり　山かけどんぶりをつるつると　ながしこんだりする

だが　死びとを葬る日には　憎い他人であっても　額が地面につくほど　いんぎんに身をかがめ　役者のように涙ぐみ　悔みの口上をのべる　それは本心であり　偽善であり　儀式そのものなのだ

深く掘られた墓穴に　柩が置かれ　スコップの土が一かけ　二かけ　投げこまれると日やけた村人の頬に涙がするり　すべる　生者の側からの　告別をすませる

それらの儀式ののち　喪主の広間には　膳が並び　女たちが　しみじみと　酒を注いでまわる　それは　悲しみをまぎらわすためではない　参列者への労のねぎらいでもない　それは死びとの　飲むことのできないものを飲む　唯一の時なのだ　死びととの　別れのあとは　何より強くしみわたるものとして　生きて在ることを　この上なく肉体が感じとる　時なのだ

飲むほどに酔う　そのようにして　死を受容していこうとする　次は誰か　胸の中に　死の順を追い　やがては　自らもこのように弔ってもらえると　納得していくのだ

そのような広間を　村人は家の中に　一つは　ととのえておくのである

ヘビシンザイの根

山間の畑は天からの慈雨に恵まれるが
また　雑草もたけだけしくはびこらせる
ある時　母は下の畑のヘビシンザイを抜かなければならないと小声で言った

誰か男手に頼むからと言っても聞き入れず
ふるえる手で地下足袋をはいて出かけたまま
再び同じ姿では帰ってこなかった
働き通した骨と皮の細身に鍬をにぎり
ヘビシンザイの根を掘りおこしていった
母は　すべての理由を超えてはびこるものに挑んでいった
ヘビシンザイの根こそあらゆるものを塞ぐものであった
この村を塞ぎ　村人を塞ぎ
家屋敷　その窓に及ぶものであった
また　ひそかに己の方へむかってくるものにちがいなかった
一体　それは何の根であったろうか
母にとって畑はひとつの世界であった
草を抜き　たがやし　種をまき　実らせたものを煮て食べる
無限に続くはずの世界であった
しかし　いつしかヘビシンザイが畑をおおっていったのだ

以来　母は不眠を訴えるようになった
ヘビシンザイの根を抜かなければならない
畑を荒らしてはならない
と　言いつづけた
あのものの　地中にくい込んだ根をとれば楽になる　と言った
淋しさに似た笑顔の底に
そんなにも抜き去ってしまいたいものを　かくしもっていたのだ
先祖代々からの　嗣業《しぎょう》の土地の上に
母の嗣業したものは何であったろうか
この畑には　時間と空間を超えて
生きている者も　死んでいる者も
すべて鍬をもって立たなければならないのだ
わたしが一と鍬　力まかせに掘ってみると
黄色いヘビシンザイの根は
まことに　人間のシッポの感じがしたのである

＊ヘビシンザイは方言で学名はギシギシ

虹

田はぼんやりと空の下に広がっていた
田は目覚めた雌牛のように立ってみた
立ってみると田は背が高く目は大きかった
その目に山のみどりが映って大男のようであった
田はゆっくりと人間の家へ近づいていった
田の訪れを知らせたのは物陰からあらわれた猫であった
田は家人に静かに言った
田は田である所と田でなくなった所のあること
田でなくなった田は田ではないのでもはやそこから米は
　作れないこと
そう告げると
田は再び空の下にゆるゆる広がっていった
家人は顔を見あわせただけだったが
田にはウメが植えられた
田にはクリが植えられた
田にはアンズが植えられた
田には水が必要であったが
水は注がれなかった
田は田でなくなった田に田の苦渋を見た
その田はひびわれていった
その上に虹がかかった
誰も田の蒼白な横顔を知らなかった
田は苦るしさや　あわれみに　自分を失うまいとした
田は
ただ　田であることを虹に語っていた

鳥

川沿いの道に出ると　しろいものが目に映った
近づくと岩盤の上で　それは見知らぬ鳥であった
ほそい足を「く」の字に浅瀬の餌をねらっているのだ
わたしは一瞬　迷った
すぐ引き返そうかと思ったが　遅かった
すでに水の中にいた
甌穴の淀みに吸い込まれ魚のかたちをしていたのだ

夏の朝　水垢のやわらかさの中で　まだ体が目覚めてい
　なかったので
近づいてくる鳥にささやいた
「おねがいだ　もうすこし　ねむらせておくれ」
「おねがいだ　いまだけは　たべないでおくれ」
わたしは　この川沿いを歩く時
その鳥に出あってからのことだが
こう　つぶやくようになった
「おねがいだ　もうすこし　ねむらせておくれ」
「おねがいだ　いまだけは　たべないでおくれ」
そして明日もいうだろう
「おねがいだ　もうすこし　もうすこし……」
どこから来るのだろう
そのしろい鳥が　この川に舞い降りると
あたりの風景も　わたしも　どこか変ってしまうのだ
わたしは　道を歩きながら　水の中にもいるというふう
　なのだ

（『桑の実の記憶』一九九一年詩学社刊）

詩集〈千屋の夏〉から

ワラビ

死んだ男を　あわれと思うのは　百姓だけの生涯であっ
　たからか
五月の山に萌え出るワラビの静けさによるのか
村人も男自身も気づかなかったが　生まれた時から
男は　ワラビをとるものだった　途中でふりむくことが
　あったら
あるいは　山を降りたかも知れなかったが
山と山はしっかりと男を囲んでいた
ある日　男の妻が病んだ　その女の死ぬまでの七年間を
男はねんごろに看た　女は笑い中風だったので　ただ
　笑った
ごはんを食べても笑いオシメをかえても笑った

はるかな辺境の太い椿の木にかこまれた家のことである
男は日日女のからだをふいた　かなしい交わりであった
顔から胸へ腹から下へ　ふしくれだった指が悪臭をふく
その時　男はすきとおった汁のにじむワラビの切り口の
　ことを思った

いつ　いきついたのか　男は最後にのど首をふく
すると笑いがからだにひびいてくる　男ののどぼとけが
　笑う
幸せな笑い　不幸な笑い　世界から隔たっていく笑い
それは一体どこからくるのか

死んだ男をあわれと思うのは　わたしの従兄であって
ガンであったからというのではない
わたしたちだけが知る暗い魂の斜面で　ワラビをとって
　売り歩いた
というのではない

「灰汁に一夜つけてアク抜きして食べろ」と
五つの束をわたしにくれたからではない

十二月の寒空に　男は葬られた
その半ば幻に近い山村で　菊花をささげて見つめると
男はひもとかれ　またたくまに地表をやぶるワラビのよ
　うに
起きあがるものとなる

この先　どんな村に男が移ろうと　ワラビは笑いと病気
　であって
ワラビを愛と呼ばなければならない
ワラビを死と呼ばなければならない

千屋の夏

そして夏
ここにもどる

足もとに蝶が舞う

病んだものもゆるされて
夏（盆）休みには　ここにもどる
中風の母と脳を病むいもうとが
ぶどうを食べている
いっとき　しずまりかえった真昼
ことばもなく
食べている
池の見える居間で
食べつづけている

わたしは知っている
ふたりは　いつまでもここにとどまりたいことを
ふたりは　むきあうこともなく
なぐさめあうこともなく
すでに　何も見てはいないことを
けれど
はるかに　わたしの見えないものを
火のように見つめていることを

この中庭では
水がひかり
稲穂がざわめき
蟬の声がふって
すぎさったものたちが
ありのままの音を出しあっている
わたしは　背たけほどにのびた
あじさいの一枝を切る
花は　あやうく胸にとどまって

＊千屋《ちや》　岡山県の最北の地名

空の記憶

わたしのこころの中庭に
はばたくものが生きている

一羽のおん鶏が
ひさしの高さにとびあがり
はげしく翼で煽りたて
わたしの頬を打ち過ぎて
二つの足で空をつかみ
抜け毛が白く舞い散った

あの日あの空の
何にいどんだのか
何におびえたのか
わたしが八歳の
戦火もすでに終焉の中庭で
低空飛行の不気味さにか

何げない草原のくぼみに似た
おさない記憶のちいさな壺を割ると
歳月をそのまま刻んだからだの中で
歳月においつけない土の庭がひろがって

一羽の鶏でしかないものが
すでに
はばたいた日日をこえ
飛翔のかたちそのままに
わたしのまなかいの底
鋼鉄のように凍りつき
いまだ
何十年も降りられないでいる

表象の壁

雪が耳たぶに吹きつける日
壁の前に立つ
もう誰も住まない壁だが
幼いわたしの声を封じ
死んだ父の片腕を塞いだ壁
荒い壁の中の暗い物置

十五本の鉈鎌《なたがま》が木の棚に
しんと横たわる
わたしの生まれる前からの場所
砥石の上でするどく研がれた刃は
杉　檜の下枝を打ち落すものだった
雪の日も蓑《みの》を着た父は鉄色の鉈を
しっかりと腰帯にくくりつけた
遠い日のこと……
だが　何という表象の壁だ
雪空の生涯　生涯の雪空
世界の窓につづく空だが
人間の顔はどこへ行ったのか
雪はかぎりなく辺境を辺境にする
壁の中にふりつむ雪
わたしの中にふりつむ雪
やがて
しろい息に眼鏡をくもらせ
つめたくぬれた五本の指で
鉈を握りしめている父に
はじめて対いあっている

不思議なもの

まぶしくなると傷のように痛む
わたしの娘というもの
あなたが大学を中退するといった日から
あなたが恋人と暮らしはじめた日
なみだはとまらなかった

——いっしょにくらすってことはけっこんするってこと
　なのですか
いっしょにくらすってことはいっしょにくらすって
　ことよ
だから　いっしょにくらすってことはけっこんする
　ってことでしょ
だから　いっしょにくらすってことはいっしょにく
　らすってことよ——

電話の中でことばをさがしていると
なみだが先に流れはじめるのだ
あなたはすこしずつ遠ざかっていたのに
あなたはすこしずつ実っていたのに
それでもわたしの中にいるので
途方にくれてしまうのだ

受話器を置いてから
鏡にうつるおぼろ気なものを見ていると
なみだは　意外に早くかわききる
あれは何という孤島の流れであったか
慟哭のような飛沫《しぶき》が岸辺を過ぎた
泣くときは泣くだけで
なみだはわたしから　あなたにはとどかない

ああわたしは不思議なものに邂逅《であ》ったのだ
産道のように崖を穿った谿の道から
手をふっている白いものよ

二つの名前

朝日新聞一九九〇年四・二八付「望郷」による
日中戦争の悲劇、中国残留女性の報道写真から

谿の秋の
机の上にはちいさなノートがある
ノートの中には中国残留女性の新聞写真がたたんである
そっとひろげる
叫ぶことの多すぎて口をとざしている六十の貌の
あなたは食べなければならない生コーリャンであり
飲まなければならない道端の泥水であった
あなたは中国《コ・ユエイン》であり日本《デグチマサエ》であり
わたしがそのまま通り過ぎてはならない凌辱であった

「その朝　硬い声は撤退と告げた　そこから生涯は傾い
た　一九四七年生きるため楊月升《ヤン・ユエシャン》と結婚　保護者がい
ないばかりに売春婦になる気が狂うそんな女の人をど

れほど見たか……そして夫の家郷　重慶へ旅立つことに……」

人と人との間にすこしやさしい谿があり
ある日　考えても考えてもわからない軍属の半生が一時
　帰国した
父母の位牌をだきしめてカメラにおさまった
「中国にもって帰ったら子どもたちは笑うでしょうね」
　といった

はるかに　わたしの谿は稲八手《いねはで》*とカラスの声になり
冷たい空にコスモスはふるえ
大切な手紙をしまうように折りたたむ
山西省聞喜県の家族の中へふかく折りたたむ
あなた　どこでお逢いしましたか　そんな眼でみつめな
　いでください
と　わたしはいう

＊八手は刈り取った稲などを乾す木

マサエの世界

マサエの世界は等身大のもうひとりの自分と語ることだ
低く笑いあうことだ　それも窓からキャベツ畑に向って
だ　キャベツの種蒔はいつがよいかということについて
今日から話しあう
五月になったらもう霜にやられる心配もないと思うけれ
ど　おそ霜の年もあるし　そんなこと考えていたらきり
もないし　といって笑いあう　くつくつと笑う　次の朝
も話しあう　キャベツの種蒔はいつがよいかということ
については季節に関係なくみのったら次の種を蒔くとい
うことにすれば　とぎれることはないし　といってまた
笑う　その次の次の朝も同じくキャベツの話をする
では　雪が降りつづく冬に蒔き時がきたら　どうすれば
よいか　ということについては　そういうことがないよ
うに秋に発芽させて移植するの　あっそうといって笑う

それは忘我ともいうべき幸せな笑いであった　絶壁も花も死もマサエのものだった
だが　マサエは一度もキャベツの種蒔をしたことはなかった　ただ窓からキャベツ畑を眺めるだけだった
そのようにして一生はあっという間に過ぎる
ある日　キャベツは石のように硬くしまり　マサエはずっしりと重くまるいものの下敷になって死んだ　その朝ふと　キャベツ以外のことを話しあったのだ
自分はほんとうは何であるかなどと……
――マサエはわたしであり病気であって過疎である――
遠くしずかに今でも窓から畑を眺めつづけているマサエに　時折り　逢いに帰ってやらねばならない

（『千屋の夏』一九九四年花神社刊）

詩集〈晩秋の食卓〉全篇

もくれん

雨あがり
濁流のうねりに泡だつしろいものを
手のひらに掬いたくて
幼年の日が足をすべらせた

村は戸のすき間から出て
おびえたからだを
もくれんのもとに置いてくれた
愛だとか美だとか　いったことはなかったが
その男もついさきごろ逝ってしまう

いまでさえ　濁流のうねりをみおろすと
ためらいののち身を傾けてしまう
水をつかみ飲み沈む背を見ている

だれにも見えない遠い世界のことだ

こうしていく度か死んでいく度目かを生きている
「下には永遠の腕*」があって
わたしが立つ土の上
もくれんはゆるぎなく天を指し
花ひとつ凍りついている

*申命記三十三

あれはわたしの

幼い日の夢のことだ
夢の中のもも色の蛇は
ももいろの雲につつまれ
もたげたかま首を
夕陽のほうへむけている

わたしのオカッパ頭に風が吹き
ぼんやりあおぐ眼にやさしく映った
次の日の窓ガラスにも　父母の眼にも
それは映っていたと思う
映った蛇を眺めて幸せだったと思う

五十年を経たいまそこに立つ
軒ふかく梁につるされたアラナワのブランコに
母の手縫いのスカートがゆれる
力のかぎりこげば
わたしは　ふっと消える

消えたま下に鉢が並び
ペチュニアの花が咲いている
空家のきしみのそばであざやかだ
むらさき　しろ　まっか　と葉のうすみどりの中
おまえは　やはり映っている

たれさがった一枝を指でつまむと

ふとい蛇が鉢をまいている
うろこをぬるぬるひからせている
たわむれに踏むとほどけはじめ
尾の先がつめたく足に触れた
あれはわたしの夢から夢へ
つづいているのかもしれない

途中の風

セイタカアワダチ草が群生する河川敷に
どんなレース展開があるのか
乗用車のフロントガラスからモトクロスを見ている
一匹のもの言わぬケモノの背となって
ツーツーと見えかくれする
みどりのヘルメットの奥ふかく
若者はふとわたしの息子の貌となる

常に唯一である都市の扉をうしろ手で閉ざし
靴を脱ぎ電話を断って
呼吸する椅子がないという
ひとにぎりの屈辱と
病んだ文明の論理をかなぐりすてる

それほどまっすぐ自分でありたかったのだろう
どんな水にも潤されることはなかったのだろう
それゆえに
のっぴきならぬ生きねばならぬ
紙幣をたばねる透明な窓口から
長い尾を引いてじぐざぐ疾走してきたのか

疾走が出発であり帰郷である日
忘れられていたモトクロスが
肉体を何かにしがみつかせ
あやうい均衡のまま
楕円の上を今日もしきりに回っている

向こうでさざ波が胸より高くなって

オートバイは倒れるほどにカーブする
おまえは一瞬しなやかに腰骨を浮かせ
ついに一個の点となり
無数の生命のような
丈高いカワラヨモギの中に消えていった
途中の風にあおられて
ま昼の太陽がチカッとわたしのまなざしを射る
——大切なことは何も決まっていない——

花の方へ

また　かなしみに慣れた手つきが朝の顔をふく
わたしのスプーンをはこぶ手がふるえてもそのまま
病んだ口からこぼれるものはこぼれるままにする
それでも声だけはさりげなく向きあって
——母さん天国に行く時はあの海のようにあおい着物に
　するの？——

およそ覚悟のような夜があけ
わたしはふかい谿の寂寥に降りていく
ただ静けさだけのタタミの上で
海色の下にあわせるものを縫わなければならない

障子をあけると
シャクナゲの花がぼおっと淡紅に燃えている
わたしはするするとま白い反ものをとく
胸ちかく両の手ですくいあげれば雲の流れに小花もよう
しなやかに逃げようとするうすものを引きもどし
身丈を断つ袖　衿を断つ

わかれの衣を縫いはじめる
すると　さらにしんしんとからだが降りていって
ここはどこであろう
このわたしに針を持たせるものは何であろうと
花の方へむいている

いんげんの伝説

ぽきぽきとさやつむ手がねむりにおちると
ねむれない村の息子がおきあがる
発つか　このままか
頭の中をいったりきたりきたりする
いったりきたりして
霧の出口へ右足をかけ左足を前へ
頭から背中をまるめ
もの音ひとつたてなかった

いんげんの畑に　乗用車はさらされ
運転免許証と預金通帳　座席にならべ置き
とある日ぷつり声を絶つ　以来十年行方知れずという

ふたつの耳でさやつむ手は夜ごと耳をすます
だが　その手も老いて死ぬ
とむらう人の口から口へ息子の顔がわたされていく

出会ったのは一度だけ手のとどく距離だった
夏陽てりつける草の上にあぐらし
シャツのボタン首から二つ三つはずし
鍬を休めるあらい呼吸が数えられた
それから　疎らな石をひとつ
蹴ったか　蹴らなかったか

今年もまた　蔓の先が行き場をもとめるま昼の畑
さえぎる葉と葉のくぼみに
何かを告げるように
白い花がぽっぽっと咲いている

ま昼へと

うつむいて萌えるみどりにうつむいて
息子よ　おまえはもどってきた
「ヨナタン」*1 のてのひらも背に熱かったが
片側だけに陽のあたる大都市の机から

自分はかえがたく自分でありたいと思ったのか
雨の日には大木に育ったキンモクセイの葉と葉が
窓ガラスいっぱいにしなだれる部屋
その繁みに心を匿し
「塩の柱」*2 のように身うごかなかった

背後にはテレビジョンが鳴っていて
ルワンダに雨が降っている
路上には孤児たちが飢え
おまえと同じ年頃か　ゴマ空港
日本の青年が小銃バンドを肩にかけ
どこへ行ったか別のニュースで消え失せる

それから　どんな時間が過ぎたか
標高一五〇〇メートル冷えれば一〇度
難民キャンプのかなしみがちらちらするが
わたしはおまえの傷にむかう
人間のかわいた川底をのぞき見た痛みようは
青草におう渓流の
なにげないそよぎに打たれるがいい

やがて　ちっと山鳥が糞を落してわかったのか
荒れた土を耕しはじめている
閃光のごとく芽は殻をやぶり
ま昼は　ただま昼へと実りつづくのだが……

＊1　サムエル記　上十八
＊2　創世記十九

支流

死んだ父は土葬であった
椀をふせた形がしだいにひくくなり
土に帰っていく口のあたりにか
母は酒を注ぎ赤飯や花を手向けた

その母もねたきりの病になり歯のない口をあけ
うしろの土蔵のながもちに
漆器類　布団　座布団もそろえてあるからと託しはじめる
人はどこまで己のとむらいのしたくをするのだろう

さらに　死んだら涙を流してくれるか
火葬にして灰を千屋の川に流してもらいたい……
誰にともなくつぶやきねむりにおちていく

ここが我が娘のところであっても
やはり田畑のはげしい労苦が生きることであった
嫁して五十年の村へ帰っているのだ

きのうときょうと何も変わったことはないのに
高梁川の支流のまた支流が母のからだを貫いて
いっしょに踏んだジュウモンジシダのあたりから
もう流れたがっている

さくら茶

黒いカバンに母の貴重品が入っていた
医療受給者証と老眼鏡　たったそれだけ
入院中　いつも枕もとに置いた

ふたたびは立てぬと知ったのか
ある日　あのカバンを持ち帰るようにいう
のぞきこむと　両眼からあふれている
はじめてみる　とうめいなものだった

あれからわたしは　とうめいなものばかりみる
ほら　いま生まれた赤児の肌のように水をはじく
八重のさくらを摘んでいる
ひとつひとつ手品師のように消している

山すその無人市場にならべるさくら茶は
わずかな紙幣にかわるからだ

わたしのかたわらを
はぐれた男がやってくる
氷点下に凍った雪の夜更けをザクザク音たてて
時に立ちどまり時に急ぎ
材木置場のわき道から
星と月以外何ものも飾らぬ村へやってくる
どんな街の番頭の座からどれほどの紙幣に追われたのか
夜と夜を縫いはぐれた男はやってくる
日常の背からコトリ落ちるもの音が聞こえる
なぜか　引きかえすことのできない道があって
わたしのかたわらを通りすぎていく

何も持たない寒さだけを着た男
ひたすら千年の時空を人間の部屋で眠りつくために歩く
男
散らばった星の数ほどの何を飲みつくしたのか
孤独流離の世界に足をふみ入れた

一枚の枯葉のごとく己の重量からのがれるだけのがれて
いく
とある日　山裾の教員住宅の空きベッドに受けとめられ
ひとかたまりの吐血を残してミイラ化する

三月　修理のために窓わくははずされ
ひとすじの光の帯に見いだされた生涯
わたしのこころにしみ込んで消えない

時に冴えわたった山巓の星くずのもとに立つと
わたしもまたはぐれそうになる
すると――まっすぐに落下しつづけた男――
彼が雪の上に影をあらわす
わたしのかたわらをゆっくりと遠ざかる

そこのところだけ

まだ　癒されぬまま　息子よ

おまえは　きょう出て行った
ふと目覚めるま夜なか　雨音がひそかに奏でている

—— say you, say me ——
おまえがくりかえしピアノを弾いた
そこのところだけおぼえている

雨はヤツデの葉をすべっているのか
地面にすいこまれているのか
けれどいつの間にか
炎の中に投げこまれた杉の葉のように
パチパチと音たてている
雨が燃えているのだ
はげしく通り過ぎようと雨足をつよく折りかえしている
のだ

それから雨は　どのようにして　おまえを砕いたのか
大学を出て大都市の机に手を置いたが
心を病んで失業した息子よ
わたしは　もう一度聞こう

どんな雨が　かたくなな根雪を溶かすのか
肉体を労する仲間と出て行った

——じゃあ　行ってくるから——
ジーパンのすねに旅行カバンひとつ寄せふりむかなかっ
た

おまえに　恋人のあったことは知っていたが
とうとう　何も聞かなかった

ねむれぬ夜の鍵盤の上
開かれたままの旋律が　おまえの声になっていく
声はまたひとえぐりの傷
ひとえぐりの傷がわたしに歌をうたわせる
セイ・ユウ・セイ・ミー……
そこのところだけ覚えている

「say you, say me」
by Lionel Richie
songs: Lionel Richie

夕陽を飲む

少年は「世界」の逆光に立つ
横顔はうわむいて
夕陽を飲んでいる
だらりさがった腕
すらりのびた双脚
空腹のまま
銃口のひかる野を越え
はだしで立ち止まる
ここは地球のどのあたりか
にんげんの心のどのあたりか

頭髪のまき毛　裸体の曲線
文明のレンズは飢餓でさえ
うつくしいグラビアにする
なんという静謐につれ去られるのか
十二月二十四日　五歳のいのち
わたしは産まなければよかったのか

地上にはおまえの食べるものがない
陽のなごりに母さんの声は
まぶしいだろう
生と死がすれちがうように
わたしもおまえとすれちがう時
まぶしいよ
もっと近づけるように
目をとじるよ
ここは地球のどのあたりか
わたしの日常のどのあたりか

再会

ある日　ひとりの女がプラットホームに立つ
人波をかきわけ走り寄る姉と　四十五年ぶりの再会だった
「十年早ければ兄さんとあえたのに……」

たがいのふるえを抱きあった
抱きあう背を電車がひとつ過ぎていく

あの日も　このように引き揚げ船をみ送った
留まったブイコフの家　あたためあうように
キム・チャンホウを受けいれた

わたしもまた　はるかなプラットホームで風に吹かれる
日
コツコツと近づくヒールの音を聞く
ワタシガ戦後ヨ男モ死ンダワデモ子供ガサハリンデ待ッ
　テルノ
押し黙ったあかい唇にふとであうことがある

クズの原

クズの原に何度か立ちつくしたように思う
蔓は地面をはい草木にまきついてわきたつ

わたしの足もとにしたしく寄ってくる

病んだ母の胴体にまきつく日
わたしは処方されたロヒプノールでねむらせる
いま　ねむりの方へ渡る時　うっすらと眼をあけ
死のようにほほえむ

黙らなければならなかった農婦よ
痛みはあちら側でほどかれるのだ
加えて告げることがあるなら
いく度でもクズの原で聞くよ

わたしはふりきって谿の斜面に立つ
ふたたびの今日　繁茂するクズの前に両足をそろえる
するとたちまち　複葉の蔓にまきつかれ
背丈の雑木になっている

あるいは　わたしはクズであったのかもしれない
己だけの蔓をのばし己の手足をしばり野をはう

まつ毛を葉群れにうずめ耳　あごを沈める
それから陽をうけるだけのしろい恍惚となっている

やがて葉腋から紅の花穂が上向いて咲く
ただそのことがわたしを釘づけにする
花穂はついに毛ぶかい莢となってうなだれる
ただそのことだけが過ちでないように思われる

黄の花ツワブキ

そこを通るには三度おじぎをしなければならない
はじめは腰からまげ頭をさげ己の足くびを見る
二度めは腰からまげ頭をさげ己のすねを見る
三度めは首をまげるだけでよい

わたしが家郷の空家にたどりつくには
そうしたほうが事はおこらない
けれどそのことは

自分が何をしているのか
どこにいるのか
わからなくなることだ

だからまっすぐ背をのばし変わらぬ空の下を
すたすた過ぎてしまう
わたしのような人間は　いまきた道をすぐ引きかえすこ
　とになる

ちょっとだけ畑の土を踏んで
――もうすぐホウレン草の種をまかねばならない――
といって煙を絶った屋根をみあげる
向きかえた眼の中に
鶏小屋の釘にさがった赤いトウガラシが燃えている

それだけで帰る
誰にも見えない道を帰る
水音のする谿で足をとめなぜか待つ
ぶあつい葉がうなづいて

黄の花ツワブキがことばになるのを待つ
わたしの指先にとどくのを待つ
そんなところをくぐって通る
ただ　ほんとうはどこに帰るのかすこしもわからないのだ

ヤブ椿

ヤブ椿の花をひろう
寒のもどりの朝　いま落ちたばかりのものをひろう
ひとつひろうと　あたりに点々ところがっているのが眼に入る
吐き出されたように一ヵ所にかさなっているものもある
ぽつんとはなれ　朽葉にはさまってカラカラ笑っているものもある
それらを透明なナイロン袋にあつめる
あつめていると　わたしはだんだん遠くへ行っている
遠くから　袋をみると

まだまだ充たされなければならないと思う
またひとつひろうと　またひとつひろう
何も考えないでひろう
何をしているのかわからなくなるまでひろう
ウォーキングシューズが腐植土にゆるくしずむ
耳たぶをうすくした厚みの
冷えた花片をつまむ指さきがじんじんしてくる
みると　わたしはまっかに詰めたものを
ずっしり握っている
それはひそかな恍惚であった
なぜか人に知られたくないものであった

橋上の雪

どこの橋上かわからなくなるまで雪ふりつむ日
わたしたちはいつも出あう
渡りきるときっと別世界にいくのだ
ふんわりともりあがったましろい橋を渡りはじめる

ふりしきる視界のむこうから
ぼんやりと人影があらわれる
しだいに近づいてくる
たがいの距離が数メートルにちぢまる
まつ毛に雪をのせたまままみつめると
見知らぬ老婆であった
黒いスカーフのおくに面をつつみ長いオーバーを着てい
る
ついにわたしと並んでぴたり歩幅がすれちがう瞬時
さあ早く！と耳うちして過ぎる
だれの声であろうか
わたしはただ橋のむこうを目ざす
すると視界のむこうから
ぼんやりと人影があらわれる
しだいに近づいてくる
距離が数メートルにちぢまると
いますれちがった老婆であると気づく
ぴたり体のあつみが並んですれちがう瞬時
ふたたび　さあ早く！と耳うちして過ぎる

わたしはためらったがそのままむこうを目ざす
するとまたぼんやりと人影があらわれる
この日　いく度であい　いく度すれちがったか
さらさらの粉雪が屋根をうずめる日には
わたしたちは死んだり生まれたりして
どこかの橋上でくりかえしくりかえし出あっている

かなしみはとろとろ

かなしみは茶わん蒸しのとろとろ
ひと肌のぬくもりの
梅の花もようのうつわ
両の手にほどよく握れるふかさの
ふたを開ければ
なめらかにかたまったとき卵の底に
母はいつもひときれのトウフと青ネギをそえた
やまでは檜のまあるい実がつめたい風にたわむ日

母が買ったそのうつわに
わたしも　とり肉ぎんなんしいたけに
ちいさなトウフをひそませて蒸す
ねたきりの母ののどに通りやすいものにする

かなしみはトウフをつぶしたとろとろ
スプーンで食べさせるとろとろ
おいしいと
半分はマヒの唇からこぼれ
半分はやすらかに胃にくだる
けれど　ほんとうのかなしみは
わたしの両足をつよくささえる
うつわのぬくもりが片手をはなれ
糞尿のぬくもりが紙オシメからもうひとつの手にわたる時
指先が　はらわたのようにあたたかい
それゆえに　どろどろのかなしみは素手でうけとめなければならない
それゆえに　茶わん蒸しのうつわをしまう時のように
そっと布でふき
老をもつ己のものをのぞき見るように
静かに目をふせなければならない
ものごとの　はじまりもおわりも
この姿勢がくずされることはない

陸橋

陸橋の高さはふしぎな高さにある
いもうとと別れるのにちょうどよい高さにある
車の流れも人の足どりも遠い世界になる
高さの途中で立ちどまると　足裏に奇妙な孤独がつたわってくる
ひとつの病気がいくつの陸橋を渡らせたか
いくつの陸橋がいく度わかれを強いたか

ふりむいてスズカケの家に落ちる夕陽を見る
その家であなたは糸を編む
花の芯が大きな穴をあけたレースのドイリーを
ぽけっとの底に沈め　何かを絶とうとする

だがまたしても　水道局のあたりに目を注ぐ
するといもうとが白い帽子になって手をふっている
陸橋の高さは時おり逢ってわかれるのにちょうどよい高
　さにある

唐突にたどりつく

理由もなく踏みつぶすあお虫の
ねばねばの濃いみどりが両の眼にやきつく
それからだ
わたしが遠いところへどんな遠いところへでもいけるの
　は

はるかな山峡のクチナシの花の庭で
わたしの服を着てわたしの耳と口をした女も
おなじく足うらであお虫を踏みにじる

あおいあおい血液のまん中で
息はずませて再会はひそかにはたされる
あおく染まった指と指を触れ
ほそい眼をしてうなづきあう
いい知れぬよろこびにさしつらぬかれている

それから
たがいの背にひろがる稲田を見つめていると
立っているのは非常に従順なものの上であることに気づ
　き
生かされていることを唐突に痛みはじめるのだ

きょうの弁明

声もなく手も足もなく帰ってくる
ただ住民票だけが帰ってくる
あなたは病んだこころの記号番号と
いつもいっしょだ

わたしたちは何年か前に別れたが
また氏名を並べて家族の顔をする
わたしはあなたの姉の顔をするが
ほんとうはあなたの国には家族というものがない
抱きしめてくれる父母がいない

それだからふいに痛む
蒼ざめたことばは蒼ざめたことばであれ
とらわれの時間がどんなに耐えがたいものか
わたしにだって　わかっちゃあいないよ
それだから　ちょっぴりふりむいてしまうのだ

あなたの未来を裏の畑に残しておこう
ひまわりはひまわりの花の高さを
じゃがいもはじゃがいもの花の低さを
天にゆだねる黒い土の
雑草をぬき　魂をほぐしておこう

だが　ふかふかの畑があなたを待つというのではない
ふかふかの畑はあなたの砕かれたやさしさ
むしろ　わたしのばらばらのこころが
きょうの弁明からのがれるまで打つ畑なのだ

三月のスープ

暗緑の樹にかこまれた
ガラスの内側にふともどり
ことこと煮込んでくれるからだろうか
とろ火にかけたトマトスープの面には
やさしいものがふつふつと穴をあけている

風邪薬四日分　よこ目に伏していると
三月のスープが支えるのだ
タマネギジャガイモ完熟トマトにササミとセロリ
そしてかならず山峡の灯を加えよと
戸のすきまから声を出している

寡黙な食卓に鉢ひとつ
ユキワリ草があかりの方へいっせいに伸び
料理の本が開かれている
烈しく癒されたいものは
鍋のなかを血のようにあかくするのだ

晩秋の食卓

空家は日ごとに何かを失っていく
だが　こんな小春日和にはきしむ戸を開けにもどる

なぜか　裏庭に面した廊下からふきはじめる
クリ　ケヤキ　マツの板が横に並んで
虫食いの傷　さびた釘の頭もそのままに
二つのすねをつき猫の背をして左右にふいていく

ふすまを開け褐色のしきいをふく何の木か知らない
食器棚のさんをふく何の木か知らない

サクラ板の縁側をふく
濡れぞうきんでふいて叱られたその縁を
また濡れぞうきんでふいている

もう誰も炊かないクドの前の
野菜カゴを置く板場をふき
杉のもく目に足をのばす
ひととき沈黙でいっぱいの森につつまれている

わたしはましろいタオルを手のひらに
一枚板のモミの食卓をふく

四すみの厚みをさらにふいて
椅子の背をふいて引いて待つ

死んだ父やねたきりの母や分裂病のいもうとが
ひざをたてて起きあがるのを待つ
もく目の底　近づいてくる距離を見つめる
そう　静かな歩幅が寄りそってくるといってはならない
か
あの日のように皿やスプーンを並べるざわめきがして
飢えることのない食事が　これからはじまるのだ

一枚の畑

ながく寝たきりの老母の介護にあたっていると
しだいにことばが失われていくことがわかる
しかし　聞く耳をもてば口の開けぐあいで
意味がわかるようになり
さらに　かぎりなく笑いあうことができるようになる

それは特別のことではない
病人が生涯をかけて実らせつづけた畑を目の前にひろげ
ればよい
きょうは　さつま芋の伸びたつるを部屋の壁に這わせる
九月　山巓の畑はカッと陽をあび密生した葉をつけたつ
るが
畝を越えてどこかへ伸びようとしている

――母さんがしたように二百本の苗を植え土寄せをした
よ――
というと
母は地下タビをはいて耕しつづけた日と日を胸の上にま
るめ
――つるを返したか　つるを畝に返さなければ芋が太ら
ない――という

杉山の風がすべり降りる小さな部屋は
こうしてすぐ一枚の畑となる

病気の手がつるを返す永遠の畑となる
実った芋を鍬で土ごとほりあげる白雲の下となる

それからいちミリも動けぬ体を横たえたまま
低く笑いはじめる
そう　生きていることをいつか笑ってみたかったのか
あるいは　笑いがさらに孤独をひろげて笑うのか
その日　わたしはベッドの端に腰かけ
おなじくらいに口を開けいつまでもわらいあったのであ
　る

マサエの世界

マサエの日記にはキャベツのことしか書かれない
どの頁をめくってもはじめの一行は同じだ
決してキャベツ畑を荒らしてはならない食べる頃になる
　と
すぐさま次の苗を移植しなければならない　と記す

たとえばある日の頁には
決してキャベツ畑をあらしてはならない食べ頃になると
すぐさま次の苗を移植しなければならない
きょうはあお虫をたくさんみつけた
ひとつのキャベツは食いつくされ葉脈だけがあらわにな
　っていた
むだのない食われかただ

その次の頁には同じ行の次に
朝　ちらっと頭の中にキャベツ畑をひろげ
たどりつくと　あお虫をビンの中につまみ入れる　やわ
　らかい虫だ
他のことはなにもしない　ただキャベツをひとつひとつ
　見て帰る

その次の次の頁にはやはり同じ行の次に
こん度は五十本植えなければならない
いち度に食べきれないほどみのるけれど

それが　キャベツ畑というものだ
どの畑からも孤立していなければならない

だが　唐突にモンシロ蝶が湧きあがる日があって
雄の個体が先に生まれ雌の羽化がはじまると
いっせいにジグザグともつれあう
翅を開け閉じするはためき
花ひとつないキャベツ上の性衝動は至高のものだ
この畑にその他の昼はやってこない
わたしはマサエの眼をして恍惚の中に立つ
そのためにこそキャベツはあるのではないか
そのためにこそマサエの手をしたわたしのツメの中に
うっすらと土をひそませる生涯はあるのではないか

（『晩秋の食卓』一九九六年思潮社刊）

詩集〈紫紺のまつり〉全篇

I

水がゆれる

しんとした家のまわりを歩く
だまって草を踏んで歩く土を踏んで歩く
石の上に足をかける
幼年の足うらが覚えている土蔵の石段
たちどまると
米俵をかついだ父の肩に背のうがある
いつのまにかすれちがうもも色の花がたわむ

あれからシュウカイドウがシュウカイドウの葉を落す
あれからシュウカイドウがシュウカイドウの実を結ぶ
過ぎ去ったことはたしかに在ったこと

正面のガラス一枚が無人をつげる
無人の屋根を大黒柱がささえている
――また風を通しに帰ってくるから――
わたしはひとつまたひとつ石を降りる
やがて石からはなれ家からはなれる
つながりからはなれる
水の方へ向かう
いかなる風も吹かなかった
ただ　一匹の鯉をひそめた水がゆれる
あの人といっしょに水の上を歩いた

ショートステイ

山の中腹にある
段差のない建物に母をはこぶ
ストレッチャーからベッドへ
ふりむけない体を窓側に向け
ひろがった空がみえるようにする

一週間したらむかえにくるからね……
(一週間あなたの歩けない足のこと忘れていたいのだ)
肩骨に手をおいてすぐはなす
物をあずけるような自分の声に
あわてて外にでる

杉山のみどりと黄金の稲田にかこまれた
しろい苑に月一度
肯きもせず否みもしない
老いた孤独をはこびこむ
十日したらむかえにくるからね……
(十日のあいだ麻痺した手のこと忘れていたいのだ)
おじぎばかりして出口に向かう
看護婦さんにおやつの葡萄ひとふさ手渡し
さっさとわかれてきた

雪の日にはあたらしく旅立つよう
毛布にくるんで在宅の寒さをはこぶ
二週間したらきっとむかえにくるからね……

（わたしの骨身ねむりたいのだ）
するとあなたは　雪がたべたいという
あなたは雪をたべるたびかるくなっていったが
すこしずつ重たくなっていくものがあった
わたしは　ついにわたしを産んだ母を
次々と堕ろすようになっていった
寄留の地をこうして往ったりきたりした

サングラス

叫びたいことをのみこみ
だいすきなポタージュをのまない
生にも死にも触れる手が麻痺してしまってから
スプーンの早さにあわせ口をあける
一枚の皿に視線を伏せたのち
くりかえしくりかえす
食べることのかなしみ
うばわれて生きる肉体のざんこく

　コレイジョウメイワクハカケタクナイという
こんな日はサングラスをかけてしまう
あなたが母だろうかと近づいて遠のいて
食べたい喉の動きをしらじらとみる
食べたい皿が色あせていくのをみる
それでも
　ホラ母サン千屋《ちや》ノカボチャダヨ
厳寒にあまみを増したひときれが
すなおに喉をくだっている
　タクサンタベルノヨクダデリュウドウショク
　ナンカタベサセナイカラネ……
サングラスからは窓の向こうヒノキの斜面
枝葉が風にざわめくのがみえる
枝葉の風がまどろむのがみえる

笑う

とまどったが

村人の死を告げる
すると母は
――いいことをしんさったなあ――
八年ねたきりの口で
一緒に田の畦に座った
あっけない農婦の死をうらやんだ
わたしは足りないものを
重ねていく
白足袋　裾よけ　晒しもめん一反　針と糸　綿
その上に
わかれの写真を伏せ置いて
手早く箱におさめる
開けてはならぬ　告げてはならぬ
力をこめた両腕で蓋をした
この日わたしはあずき粥を炊いた
あなたはおいしいおいしいといった
この日わたしはテレビ体操にあわせ
大波のように手をふった
あなたは笑うばかりだった

往診の医師は
感情の失禁といったが
笑う時間がなかった母よ
無心に笑え
うしろめたい手をかくして
わたしも笑う

目覚めの樹

めざめの樹を植える
母よ　ねむるばかりする母よ
あなたのすぐそばに樹を植える
ねむりだけが癒す
ふかい霧の中に植える
霧が消えさるとめざめる
新しい芽を持つ樹を
あなたの　ねむりの真ん中に植える
向こう山のてっぺんから

ひとすじの光がさすと
まつげが瞬く未明の土に植える
わたしは手のひらから
一羽のつばめを放つ
稲田の面をすれすれに
稲田の端をきわどくカーブして
つばさを張って中空に向かう
黄赤色のキツネノカミソリから
白いナツツバキの花ゆすぶって
短い足で枝にまいもどる
めざめの樹を今日も植える
じゅりりっじゅりりりっと呼びかける
ドアを開けるこの位置から
あなたがめざめる瞬間に
間に合うように樹を植える

地上　1

あかい椿の花
咲き終わったらやはり花のかたちで落ちる
落ちてから　もう落ちることはないのか
地上では色彩がうばわれるだけか
おわりを告げて黒褐色
かたちをほどかれる
わたしは　しゃがんで地の底ふかく
熟した花のりんかくを思う

今年も　ぽとりぽとり
落ちることのつづき
樹はつやつやの葉と葉をひきよせ
花の重たさを憎む
燃えるにぎわいをふりはらう
——はやく落ちておしまいよお——という
だれも通らない

わたしは　昼の月へ向かって
――落ちないであと七日の間は落ちないで――
ほそい声で耳うちしたけれど
樹は身ぶるいするばかり
これから新しく伸びるのだ　という
花の数をすてなければならないのだ　という

地上　2

椿の花がくさっていくところ
に　間に合いたい
土の上で土に帰っていくところ
に　間に合いたい
あかいものがくさっていく　一週間めの色
あかいものがくさっていく　二週間めの色
に　間に合いたい
瞬時　落ちるところで落差の間で
風のフーガを耳にしたい

枝先よりもさらにこの世の色をして
いま死んだ母の体温のよう
に　持続はしないところ

地上というところはおまえの受け皿ではない
人の子が血を流すところ
雨に打たれて一度は燃えてみる
が　容赦なくくさっていく
今の年も次の年も
信仰のようにくりかえすだろう
無人の庭でくりかえすだろう
わたしは褐色にベトついたもの
を　手のひらにして問う
――間に合うだろうか間に合うだろうか――

そんなことをいうのです

かなしみにあったことはよいことです

曇天の七月　なまり色の雲のかたまりひとつ
ひろがって消えたのを忘れないからです
おだやかに流れるものになり
老女の髪の毛　ひとすじひとすじはなたれ
うわむいた体を　飴のように伸ばし
宙がえりまでして　切れぎれになり
姓と名を　手渡していったのです
あの日　つんだ爪をもうのばし
けれど　わたしの手のひらには何も置かなかったのです

かなしみが通りすぎるのはよいことです
呼吸が止まるものや柿の実となるものキキョウの花の色
風景が新しくなったり遠くなったりするからです
うちかえし　うちかえし　袖をとおし
わたしが縫ったま白い衣に海色の着物を合わせ
腰ひもで　ぐっとしめると
——モウソンナニシバルモノハイラナイヨ——という
さっさとクロガキのタンスの部屋にもどり
誰も住まない家の窓から
わたしに向かって　そんなことをいうのです

まぼろしの花

愛すればこの街この人　という株式会社の
ワゴンの改造車にのる
動きはじめるとユリの花束に気づく
わたしの背後　死体のうえでゆれている
手慣れた男のハンドルが
北へ向かって一〇八キロメートル
母の死を運ぶ
復活の日のかぎりない命を　いつ信じたのか白ユリよ
山峡のカーブをまがるごとめざめるような
とある工事中の道に入る
花びらと葉と白布のうえでふるえつづける
あるいは　落ちるのでは……
あるいは　母よあなたが落ちるのでは……

ふり向くと　男はいんぎんに
――絶対に落ちるようなことはございません――
微笑みをくずさず
――誰も自分が明日死ぬとは思いませんよ――という

たぶん　ユリの花へ向かってだったと思う
あれは　シロカノコユリだったか
カサブランカだったか
少しずつのぼり坂に向かうエンジン音が
稜線と稜線にはさまれ
なお　ねむりのかたちでたどりつくとしたら
語りかければ
うなずいてくれるまぼろしの花だったろう

七月の記録

通夜はなかった
その翌日をトシビといい
その翌日の翌日をトモビキといい
触れてはならぬといいふくめられた
死の中の母は
三日のあいだ白布で顔をおおわれた
三日目の夜をまたいで四日目に足をかけると
はじめて通夜があるといいわたされた
それゆえ通夜はことわることにした
生者は通夜よりねむりたかった
血の濃さだけがひとりずつ
白布をもちあげみとどけた
うっかり入れ歯をわすれた口が
綿でふさがれわずかにあいている
うっすら笑いがこぼれている
それから死の中の母と母の死が
ゆっくり対面したのだろう
わかれには笑いが似合うと思ったのか
さいごにもう一度笑ったと思う
背を向けて立つと
笑いは火では焼ききれないと

ひそかに耳うちするものがあった

水かさ

梅の実にばらりばらり塩をふり
重石ひとつ中ぶたにのせ
ひとつの夜があけふたつの夜があける
母が使った木の樽に
梅酢があがるのを待った日
ちいさな息を三つして
あなたの心臓がとまったかなしみは
梅の実をはるかな梅の実にしてしまう
やがて漬かった実と実と実
とうめいな水底から
まっすぐ　わたしに向かってくる
あなたが閉じたまぶたのおくのまあるい
生きてきた日のつぶとつぶ
ひっそりと異次元に沈んでいる
しかし　まぎれもない樽の中
山もりの実はひくく首をまげ
微動だにしない水かさは
鋼鉄のようでなければならない
朝も夕も霧の日も
死んだあなたと顔をならべてのぞくのだから

きのうの夏

あの人の髪の毛はよく伸びた　身の丈はちぢんでいった
が髪の毛は変わらぬ伸びかたをした　夏になるとベッド
の上で散髪をする　頭の下にタオルや紙を敷いて切る
揃えようとしてあちらを切りこちらを切る　寝たきりの
体を左右にまわし毛だらけにしてしまう
あの人は　ぽつりいった「だれにもかもうてもらえんよ
りいいよ……」ついきのう　そういった　わたしのひた
いからどっと汗がながれて目にしみる　ついきのう　あ

の人に汗だらけの夏があった　あの人の髪をとかしたクシも爪をきったツメキリも　いちばん嫌がった吸引器のカテーテルも　もも色のマスキン液もここにある

一度だけ　わたしはあの人の胸に顔をうずめた　あふれるものをあふれさせ　母さんごめんよといった　尿意も便意も捨て去ったオシリを打った日のこと「他人にぶたれるよりはましだよ……」　こうして許されていくのがこわかった　ぎりぎりのシーツから　ひとつまたひとつ信仰のように許していったのだ

この部屋は底のふかい樽になっていった　竹で締めた木の樽は岩間の水をたたえ　愛と憎しみを映し　病気と無数の命を浮かべた　みどりしたたる山峡を囲った　わたしはきのうの夏を一本の縄に編む　ちらばった髪の毛を寄せて編む　するとわたしの指もみえかくれする　あのハサミを握った指のかたちのまま

紫紺のまつり

クロガキのタンスに手を入れると爪が染まる　花嫁の白粉が人間の愛を拒まれた時代　二度と身につけることはなかった日本のキモノだったから　わたしの手がタタミの上にひろげる　二つに折った身ごろ　袖　あざやかな朱の裏絹をそっとひろげる　かっか（母）のまつりには紫紺のキモノを風につるす　風につるすと紫紺がぼたぼたとにじむ

竹やぶがゆれて風が鳴る　竹ノ谷の風は男に召集令状がくることを知っていただろう　背のうや軍服が過ぎる音を聞いただろう　けれど　しぐれと並んで土を打ち稲田に腰を曲げた生涯は　女の背に刻まれていったのだ　それがわかるのは糸で名前をさしこんであるからである　遠い空襲の日の防空ずきんに　針でわたしを縫い込んだ母だからである

かっかのまつりの日には一枚のキモノにして　死をいき

いきと生にもどす　静かに紫紺の巾をひざにととのえれば　裾のもようは松に牡丹に鶴のながい首　紫紺の液がわたしを指から染めていく　風につるすとぼたぼたとぼたぼたと……

裏庭

おかあさんあなたの死体から
とうめいな液体でしょうか
ケヤキの廊下ににじんでいるのです
はだしで立つと
ひんやり足うらがぬれるのです
きっときよいものです
さみしいというのではありませんが
ただ　立ち尽くすのです
ただ　ぼんやりしているのです
ザーッとカーテンをあけると
乳色によごれたガラスから
あなたが横たわっている庭がみえるのです
しげみの底に背中のまるみがみえるのです
十月　季節はずれのサツキの花ひとつ白いのです
おかあさんあなたを焼いてしまったのです
ほんとうは肉体がくさって
土にかえっていくほうがよかったのです
口のあたりへ水を注ぎたいのです
深紅の牡丹が絶えてしまったあたり
おかあさん閉じきれなかった唇から
あおい息を吐いているのですか
庭がゆがむのです
アスナロウがかってに枝をひろげるのです
サツキは狂ったのでしょうか
わたしより丈高いのです
これは太古からのツル草でしょうか
足首にからんでくるのです
わたしは壁のさけめから引き出されたよう
息をひそめここにきてしまったのです
窓に横顔をふっとあらわすのです

ねがえり

ねがえりはわたしが打つ
ねがえりを打つのは体が望むからだが
ねがえりを打てない母は
ねがえりを打てないまま
天井ばかりみてねむった
天井から晒し布を手もとに　といったが
ねがえりはわたしが代わって打つ
一度だけ布にすがって
ねがえりを打ってから死にたい……
といったが
ねがえりはわたしが代わって打つことにした
コオロギが鳴いて萩の花がこぼれて
かつて　あなたがねがえりを打った夜を
わたしもまた　くりかえすだろう
アジサイが花のかたちで枯れている
まだらな紅をもう　ゆすぶったりはしない
背中で右へ打ったのち腕の力で左へ打ちかえす
ねがえりは
幾度でも打ちなおす
頭からでも足裏からでも
ねむりの底から　夜空の方へ
息ひとつ吐き
これからはわたしがゆっくりと打つ

Ⅱ

雪の韻

誰の記憶だったろうか
木材を紙幣にかえる父を待つ
ひくい軒下はうす暗かったが
雪あかりに障子は白かった
水甕には谷の清水があふれつづけ
明け方の雪もようは
立石山《たていしやま》を滑り降りる
風のうなりでたしかめた

わたしは　いつのまにか
水甕がよくみえる
雪の家を持ち歩くようになった
ケヤキの柱はだまって立ち
何かが氷点に触れると
雪は天と地の間を
追われるように舞いはじめるのだ

誰の記憶だったろうか
水甕の冷たい水をほしがった
母のおわりの喉のかわきよ
抱き上げた腕のなか
さみしいさみしい骨がひびいたよ
山峡の生涯はそれでよかったろうか
わたしのなかで水がゆれる
こぼれるものをなだめながら
かかとから雪を踏む

雪のささやき

雪ふかい野の原を白無垢の女がやってくる　山裾をいくつも曲って　わたしの方へやってくる　一人の女の後ろには二人めの女が続き　その後ろにまた同じく白無垢の女が続いて　足跡をたどってくる　雪の部屋で赤子を産んだ女は一人ではなかったから　わたしを産んだ女がその中にいたのかもしれない　間近く綿帽子をかぶった松の木にたどりつくと　松の木になってしまう　枝先にふんわりつもった雪の中から声がする

もうすぐ溶けるから雪の部屋に泊めておくれ
もうすぐ溶けるから北の部屋に泊めておくれ
北の部屋でつめたくつめたくもてなしておくれ
もうすぐ死ぬからおまえのそばにおいておくれ
雪よりもしろく雪よりもしろくつもらせておくれ……

雪あかり

しぐれの多い山間の労働に倒れた者の幻覚というが　ながく寝たきりの病人が　ふと病気を忘れることがあるわたしの母の場合　クルメ絣の仕事着を壁につるすと出かける　それは雪が屋根をおおい田畑をおおいつくした夜　男も女も生まれたばかりの小牛も　とろり眠りにおちた刻でなければならない

うすい唇が　ぼつぼつ雪の下で甘くなるころだなと　戸口に手をかけわずかな隙間から　自分が腰をまげ　すねのあたりまで伸びた大根葉を　引き抜いている姿をみるのだ　病気は　ひと足ひと足　近づいていく近づいていくことで　さらに病気を忘れる　土ふかく大根を囲った者だけが知るとろける甘みにさそわれるのだ　いつのまにか母はみずみずしいものをかかえ体を冷たくして戻ってくる　するどく絹を裂く叫びを　わたしの耳は幾度か聞いて幾度めかの眠りにおちる

目覚めると　粉雪が降りつんでいる　はるかに目をほそめると　病室は雪あかりの中に浮いている　そしてベッドの下には土から抜いたばかりの大根がひとつころがっている　これらのことはすべて生涯を従順に　大根を造りつづけた者のみに起ることだ

ぜんまい

五月　しろい光にめざめると　母は日だまりのゆれる林にでかける金色の綿毛をかぶったゼンマイに手をのばす　やわらかく朽ちた草の中に一株また一株すくっとのびているのをみると　ひと足ごとに深い茂みにはいっていった　どこかでウグイスが鳴いて　さらに奥深くさそわれていったのだ　母は何に近づいていったのだろうそのまま山を降りることはなかった　わたしがたどり着くと林の中に横たわっている　母の耳たぶにはウグイスの糞のようなものがしみついて　手にはかたくゼンマイが握られていた

やがて　右手だけが動くようになった母は　鉛筆を握ると　はげしくふるえる手で　自分の名前を書きたいという　名前を知る顔が集まって読もうとするが　糸くずのような線は白紙の中で散乱しているだけだった　文字にはみえなかった　しかし「く」の字にまがった線をよせていくと「倖《さちよ》」と読める　それは母の名前ではなかった　わたしははじめて母の別名を知った　願いを知った　ようやく「倖《さちよ》」と書く時がおとずれたのである　誰にも理解されないバラバラの線のひとつは　ゼンマイに寄り添うひとりだけの悦楽であったのだ　また糸くずのように飛び散った点線はしろい光でありウグイスの声であって　五月のゼンマイのうなだれた無心であった　こうしてゼンマイと共に生きるものは　死の時も金色の綿毛につつまれるのである

かなかなの部屋

夏の部屋には一本の樹が立っていて
ようきてくれたなあ　と枝をたわめる
どこからか蟬が飛んできて　かなかなかなかな
わたしはすこしずつ忘れていったが
母の骨を川波にばらまいた日もかなかなかなかな
頭の上を飛び立ったと思う
余分の声を持たないかなかなは
あっという間に去る
一本の樹の部屋を開けると
いつのまにか無数の樹が葉をふるわせ
ようきてくれたなあ　と手まねく
呼吸をとめていう母よ
さらに樹となった母よ
あなたの中でくぐもって
かなかなかなかな
恍惚と耳の底のはるかな世界で聞いている
わたしは真ん中の樹に手をのばし

すばやく取り押さえる
はばたきが指の腹を打つが
握った手のくぼみの中
やがて静まっていくものを放さない

こうしてたくさんの蟬を殺して
一匹の蟬になる
わたしは樹から樹へわたり
かなかなかなかなかな
うっとり鳴いてみるのだ

かぶとぎくの道

土の道に入ると死んだ母のすねと歩幅がぴたり並んでくる　人ひとり通る道をふりはらってもふりはらっても母の骨はわたしの足にくい込んでくる　オマエハマダ途中ダカラと語りかけてくる　しぶく渓谷の水を左に雑木林を右に　墓地への道をただ歩く　石垣の上で犬がはげしく知らせる　ココヲトオルナココヲトオルナ　すると母は　ヒトアシサキニイクカラとぬけていった　ひとりでまがると手の届く斜面に　冠状のカブトギクが咲いている　青紫の濡れた色だ　指の腹で触れると溶けるようにやわらかい　立ちどまって向き合う　一足踏み込んで葉の三裂のくびれをたしかめる
　これがヤマトリカブトの花だしかしほんとうに猛毒アルカロイドをひそめているのだろうか
花の茎に　ト・リ・カ・ブ・ト　と活字を並べるがつながらない　わたしは一字一字とりはずし　茂みにガサッとすてる　すると花があおいあおい口をあけ　母の声で前かがみに笑いこけたのだ　わたしもその唇にむかってあおいあおい口をあけて笑い　草を踏んで帰ってきた

きからすうり

枯れた蔓に落ちるでもなく腐るでもなくたれさがったキカラスウリをみていると　ひとりの老婆が歩きはじめ

る　歩いているのに　どこを歩いているのか　ふと　わからなくなる道があって　ききなれた声が　つまずく橋は　渡ってはならぬというのだが　誘われるのか　ゆっくりと足をはこぶ　つまずく橋を渡りきると自分だけの雑木林へたどりつくからだ　裸枝が紺碧の空を指している　湿った土を踏んで小石を踏みしめることは　何という自由であろうか　かつて　林の下草を刈ったところだ　もうすぐ永遠に日没のない橋にたどりつく　そこには一本の松の木がある　すでに半分枯れているが太い幹からコツコツ途切れない音がする　すべては光のなか小鳥がすばやく身をかわし嘴をチラッとみせ虫をついばんでいる　ほそい息のような風も霜枯れの草も　生涯そのものだった　うっとりと　記憶の水がゆれた
楽園のような老人ホームがあちこちに建つ時代のことあたたかいベッド　清潔なシーツの上におとなしく老婆は横たわっている　しかし午睡の数分間があればよいイノコズチの実やトチの実は正確に覚えていてまちがいなくたどりつく　何かにたどりつくのだ
その日　松の木のてっぺんをみようとして窪みによろめく　やがて小鳥のついばむ音が遠のき　そのまま身動かなかった　闇につつまれながらキカラスウリのあおい色と黄の色をみつめ目をとじたのだ
誰もが一度は望むほど新しい老人ホームが建つ時代
わたしがキカラスウリをみつめていると　はるかな松の木からコツコツと音がする　けれど渓谷のゆれる木の橋はもうどこにもみえない　どこを歩いているのかわからない者だけが渡るのだと思う

路地の花びら

どこにでもある桜ヶ丘という名の路地で　ひとりの娘が突然　自転車にのったまま姿を消すことがある　降ってくる花びらに誘われて　どこへつれ去られるのだろうか　彼女は毎朝この路地を抜け　さみしい老人の館に働きにでかける　老人の物語はいつも同じだが　ほほえんでうなずく　老人もまたうなずいてふっとつれ去られるすでにない村の鏡よりも澄んだ水田に　さくらの花びら

が　次々と浮くさまを　両手のすきまからこぼすのだ
そしてどこかへ消えてしまう

娘の帰途は自転車にのっている　花びらがひとひら　束ねた髪に　ハンドルを握った腕にとまる　わたしたちだけが知っている桜ヶ丘の老木にささやかれ　どこへつれ去られるのだろうか　掃きよせられた花びらのもとには自転車だけがある

わたしがゆっくりあの日に追いつくと　どのあたりからか　中空に敷かれた薄物に前輪をあげ　こくり腰骨を浮かせ　彼女は遠く点になってしまう　わたしがゆっくりあの路地に追いつくと行き止まる　すこし濡れた花びらがふんわり白い　その上に足裏をそろえ踏んでみる　生まれた場所に還ったのだろうか　ばらばらな美しいものはわたしをうっとりさせてしまう　それからわたしはどこへつれ去られたのだろう　あの自転車は今でもそこにあると思う　小雨にべっとりはりついた花びらの路地はふたたびもとの路地につながっているのだと思う

りんご

小さな部屋で十年ほど死を待つばかりの老婆と暮らしたことがある　老婆はただ一本だけ残っている前歯が自慢であったが　ある日それを抜くことになった
以来　歯のない口にあわせる食事をつくるのが日課となる　好物はリンゴのすりおろしたものであった　果汁と果肉のザラついたものがバランスよくのどをくだった
オイシイオイシイと天井に向かっていう
しかし次第に味覚がにぶくなり　とろとろのジャム状に煮詰めたものにする　部屋中にリンゴのにおいがただよう
オイシイオイシイという声がする　この時　老婆はいちばん幸せな顔をした　娘がもうすぐ死ぬ老婆にできることは　くる日もくる日もリンゴを煮ることであった　三年五年とリンゴは絶えることなく六年七年どこからか送られてきた
やがて何ものどを通らぬ日がきた　娘はそれでもリンゴを煮た　部屋ににおいを送った　いつものようにスプー

ンを運んだが何もすくわぬスプーンだった
そっと口もとにさし出すと　オイシイオイシイと声をだす　ついにその声もでなくなりスプーンもいらない日がくる
八年目の朝　娘はそれでもリンゴを煮るのを忘れなかった　老婆はイイニオイとちいさく息を吸い目をとじた
いつの時代にもリンゴは絶えることはない　この部屋に絶えてはならなかった　娘はくる日もくる日もリンゴを煮る　においがただようと声を聞くようになった
オイシイオイシイとどこからか聞こえるのだが　さしたる理由もなく十年目をくぎりとする
もはやリンゴはひとつもなかったが娘はリンゴを失うことは永久になかった　数えきれない日と夜のリンゴの中からオイシイオイシイという声を聞く世界に移っていったのだ

おらんだみみな草と声と

誰も住まない山峡にもどり　庭の草を抜いているとオランダミミナグサにであう　するとオランダミミナグサにたましいを奪われるようになる　ひとつ抜くとまたひとつ抜くようになる　指の腹がやわらかい葉に触れると見えないものに触れていると思うようになる　ふと自分を忘れてしまうのだ　草をぬいていることを忘れ　庭のなかにしゃがんでいることを忘れ　風がとだえたことだけがわかる　どんな不安からも遠ざかって草だけを抜いて過ごすようになる　田の畦を越えて　もはや辺境は辺境でなくなる　オランダミミナグサにとりつかれるとこうしてたどりつこうとするのだ　しかし何代もたった家の重縛と静けさに飲み込まれていくことになる　はるかに人の声が　おまえ畑を荒しんさんなよう…　という家の声は完全に死んだのではなかったか　わたしは前かがみの肩から両腕をたらし　帽子のなかからくろい瓦をみる　戸口に足をかけ無人の食卓にすわる　偽りの日と夜のしろい皿をみる　ここでは何もみないことが至福に

たどりつくことだと思いはじめる　ただ年に一度の七月
梅雨の晴れ間　わたしの礼服を着てわたしの声をする見
知らぬ女の顔だけは　すぐにわかるのだ

（『紫紺のまつり』一九九九年緑詩社）

詩集〈窓とホオズキと〉から

沈黙

わたしはみどりと黄の　しまもように橙色の斑点をもつ
蝶の幼虫を飼ったことがある
パセリの茎にしがみついたまま草を食べ沈黙を食べ
膨らんでいくものを空きビンに入れた
何日かたったある日
そりかえった形のさなぎになったが
ついに　羽化することはなかった
さなぎはしぼみ底にまるい糞とちゃいろの液がたまった
液の色がわたしの眼にそのまま映った
だれも住まないと　話すこともなかった
池の水とさんしょうの葉がひかった
わたしは物置の片隅にはりめぐらされた蜘蛛の糸に

捕らえられ喰べられていく
一匹の蝶をじっと見ていたことがある
狂い羽ばたくが　やがて一枚の黄の紙切れになり
わたしの眼のなかですこし揺れた

だれも住まないと　話すこともなかったが
ちいさな窓あかりが　わたしの輪郭を照らしていた

打つ

行き戻りすると
草がはえていて
すねを曲げてしゃがむ
息を飲むように顔を土に近づける
みどりの針のようなスズメノカタビラをぬく
そこでは際限もなく種はこぼれるから
際限もなくぬかなければならない
けれど　もう誰もこないので鍬で打つ
二度三度と草の根を打つ土の底を打つ
何かを殺してしまわなければならないと思う
なぜか　そんなことを思う
ついに　穴をほっている
もう　待つことはないのでさらに石までも打つ
鍬の刃先から火花が散る
花だけが咲く静けさにくるまれると
もっと深く打たなければならないと思うようになる
深く打つ時　血肉はただ汗ばんで充実を覚える
それから
もとどおりに
ゆっくりと埋めもどしている

釘

雪がななめに降る日のことだ
小さな駅から濡れた路上に出る
ひとつの角を曲がると敷きつめたレンガの窪みに

一本の釘がめり込んでいた
なぜか　二つの足を揃えて立ちどまる
雪は釘の横をそれたり
すれすれに戯れたり
時にま上からふわっとかぶさる
が　すぐ溶ける
それをじっとみている
川の水音やカラスの鳴き声が耳に入ったと思う
――こんなぐあいにぼんやりしていたかったのではないか――

この日どのようにして帰宅したか
ひっそりと面をあげて聞いてみる
すると　脳裏の窪みにめり込んでいた釘が
ぽとり　たたみの上にころがった
握れば指の腹を刺す六センチばかりの釘だ
けれど　雪がななめに降る日には
外に出ない
窓に額を押しあてている

またとない淋しさのなかから路上のわたしがみえてくる
また　屋根から雪がどさり落ちたと思う
――こんなぐあいに独りになりたかったのではないか
――

橋上の声

雪がななめにふぶく日は
わたしの声がふぶかれる日だ
渡るごとに遠くなる橋があって
歩いても歩いてもたどりつけない
キシッと雪に靴の跡を印し
渡りはじめる
立ち止まると　どっと肩にふり積もる
すると　背中から母さんの声がして
〈雪がふっているみたいね〉
〈ええ　はげしい雪よ〉

わたしの髪はふぶかれわたしの手はかじかんで
前かがみになって渡るのだ
すると　また声がして
〈ここは橋みたいね〉
〈ええ　ふぶく日に渡る橋よ〉

渡り歩くことの屈辱を雪ぎたい日には
渡るごとにあたらしくなる橋に立つ
ふと　橋の下をのぞく
ふっくら開いた赤い傘が
なぜか　半分傾いたまま水の面に浮いている
微動だにしない
微動だにしない赤いものの上で
雪はほんとうの雪になって消えていく

〈雪がふっているみたいね〉
〈ええ　ほんとうの雪よ〉

陽を浴びる

川床の甌穴群《おうけつぐん》に沿って伸びる遊歩道の
かたく打ち固められたコンクリートの端を歩いている
浅瀬を過ぎると　せきとめられた水は底をみせない
踏みはずせば水に落ちるあやうさの中
さざ波がいきもののように寄せてくる
わたしはただ歩いているのだが
二月の薄い陽に誘われ風化の中を歩いている
流条溝をさかのぼって　しぶきをあびて
およそ一六〇〇万年前のものという地層に降りている
風に立つ標識から新生代は浮き上がる
水音がして　盛り上がったり窪んだりの
岩盤の浸食があらわにみえる
いつからだろう　干からびた牛糞色の岩の背に
アオサギが立っている

踏み外せば水に溺れるあやうさを歩いている
ふと　呼びとめられるポットホールの囚われの水

何かを吸い込む不安の水　えぐられた叫びの水よ
そこに映る行方不明の子供よ地球の死んだ子供よ
泣きじゃくりを踏んでわたしが弔われている
それだから罪人のように背をまげて歩く
おまえを人間に育てきれなかった悲しみの時代を歩く

通り過ぎると路上に向かう石段が陽を浴びている
敷石が鳩の休息する斜面になっている
群れは灰色の羽をたたみ
つきだした胸に沈黙を秘めている
うっとり陽を浴びる刻には動けなくなるのだ
丸い目を回すだけのそのたたずまいの中に
わたしは少しずつ入っていった
やがて手足から灰色の斜面になっていくのがわかった

山鳩

屋根と屋根が重なった死角に　一羽の鳩がひっそりと死んでいた　内臓はすでに食いつくされ　背に穴があいている　眼は汚れた朱色　するどい爪を胸に抱きかかえている　死臭が強く鼻をつくが　なぜか捨てきれず　すっぽりおおいつくせる植木鉢をかぶせる

一本のキンモクセイがあって　かつて　つがいの鳩がすきまなく茂った枝葉に　巣を作ったことがある　必ず近くの軒に身を留め　辺りを警戒し　卵を抱く鳩にせっせと　餌を運んだ　その首のかしげかた　いのちの悲しみとも　歓びともひびく　くぐもった声　それらから久しく遠ざかっていた

いま　忘れかけた鳩の死骸のことを思い出し　両手で鉢を持ちあげる　突然の光に　うごめく虫がぞろぞろと散り　一匹の蜘蛛が逃げる　すでに背の穴から白骨がのぞき　尾はない　ふいに羽ばたく音がして　鳥影のようなものが地面をよぎったが　瞬時のことだった

窓の外　壁ひとつ隔てた土の上にそれは眠る　いささか

もじめじめしない風化していくだけの　あの鳩は　はるかな世界を飛んでいるのだと思う　翼は太古から天空のもの　羽ははらりはらり舞い散るだろう　そのこだわりのなさを思い　呼びかけるようなあの声を耳に　わたしはその夜　深い眠りに落ちていった

山峡の空

山峡の空に一度もツルはやって来なかったが
わたしはツルになることを誰から学んだのだろう
いつからか片足で立ちつづけている
こうりょうと風に吹かれ立ちつづけることがどんなに苦
　痛であるか
あるいは悦楽にひたるにはついばむ餌を断たなければな
　らないこと
そうすれば描かれた絵のようにいつまでも生きられるこ
　と
しかし　あっけなくバランスをくずす日がくることなど
けっして自分に知らせなかった
（誰もが知ろうとしないものなのだ）
こうして白い羽を胸にたたみ来る日も来る日も水平線を
　見つめた
波がしらが砂に吸われることの他
名づけがたい静けさの方へ少しずつ降りていった
それだけで充分だった
これが　何年何十年片足だけで立ちつづけていることの
　理由である
だがいつか　たっぷりと盛り上がった海の背を
我を忘れてはばたく己を見たいと思う
はるか上空の気流に乗り異郷の山なみを越え
我を忘れて遠ざかっていく己を見たいと思う
わたしのツルが次々と飛び立っていくのを見たいと思う
山峡の窓に映る空からはそれがよく見えるのだ

反田橋

反田橋《そりだばし》をひとりで渡る
らんかんに背もたれ
しろい空をあおぐ
谿の流れがひびいてくると
ふいに　鳥肌につつまれる
反田橋は高くなったり低くなったりして
ねがえりをうつのだ
橋の名前がそうさせるのだ
それだから　反田橋をひとりで渡る時は
足裏をそろえ　らんかんにしがみついてしまう
ゆれる橋の上から淵の深さをのぞき
白い泡が生まれたり消えたりするのをのぞいてしまう
吹き上げてくる風にうなだれた心を
顔から正面に起こして
また　渡るのだ
渡るとわたしの生まれた村がある
わたしの生まれた部屋がある

隙間からひとすじの光がさしているだろうか
母の乳房で眠っているわたしがふりむくだろうか
渡るたび
らんかんにもたれたわたしが肩を並べ
列柱のように立ちつくしている
それから　どのようにして渡っていったか
およそ　血の濃さを断ちきれず
湿田につながるものを信じたから
静かに雪が降り積んだようなヨモギの花といっしょに
秋がすたすたと渡っていったのだ

たっぷりした夕刻
窓から犬をみている
男は肉体から腕をのばし
そりかえって
クサリをぐいと引く
だが一匹のその犬に

容赦なく夕刻はやってきて
人間に慣らされたよろこびが
人間に慣らされたかなしみを
ちろちろ追いかけている
犬はふたたび犬になり
かぎわけてあお草のなか
しなやかな胴体につづく
けだものの耳となる
ふと　遠吠えを聞くのか
野のまじわりにむかうのか
不思議な夕よ
おまえは伸ばした尻尾のさきで
ひとすじの閃光となる
天と地の間を
駆けぬけるのだ
ぴたり寄り添うと
わたしはたっぷり暮れている

帽子のこと

いもうとは帽子をかぶっています
ももいろのつばのふんわり垂れた帽子です
もう三年も逢っていませんが
帽子をみればすぐにわかるのです
わたしたちは逢うたびに
三十三階でビーフカレーを食べるのです
テーブルにつくと
窓から空がみえる椅子に腰かけるのです
ちらっと空をみあげると
帽子の中の目もちらっとみあげるのです
わたしは低い声で
〈とてもよくにあっているわ〉と耳うちするのです
すると　さっと消えてしまうのです
わたしは　さらに低く
〈とてもよくにあっているわ〉と呼びかけるのです
すると　さっとまいもどり
スプーンに手を伸ばしビーフカレーを口に運ぶのです

一日はこうして　いっしょに口で味わい
いっしょにかみしめることで充分なのです
血の回復が行われるのです
わたしたちは　何度も何度も空をみあげるのです
はかりしれない距離があるからほっとするのです
ところが　いきなり背後で星を呪う声がしたのです
なぜか　わたしも大声で呪ってしまったのです
あなたはうつむいてガラガラと星を吐きだし
〈おねえさんの帰る道が暮れてしまったわ〉
星の目をして　足もとを照らしてくれたのです
いつの時代も　ことばの意味が独りで歩き
あなたは　どこに住んでいるのでしょう
わたしたちは　いつから姉妹なのでしょう
帽子のかぶり方について語り尽くせないまま
いつのまにか　時間がきてしまうのです

過疎の庭

わたしが草をぬくのは山峡の家の
わたしが生まれる前から広がっている
人間の声を吸い込んだ土の庭なのです
たどりつくと　いつも草をぬいているのです
誰ももどってこないのですが
草はそのままぼうぼうの草なのですが
わたしはそのままわたしであるかどうか
カタバミに聞いてもわからないのです
ただ　わたしが奥底に耳を埋めて草をぬくことは
なにげなく似合っていると思うのです
黙ってぬいていると黙っているわたしがそこにいて
風に吹かれると吹かれているわたしがそこにいて
草はそのままぬかれる草なのですが
欲望のようにきりがないのです
それだから　わたしの針山の灰の草を
いっしょにぬいて捨てるのです
けれど　オオバコをぬくときは

地面に顔を伏せてぬき土をふるい落とすのですが
からみつく因習は落ちないのです
それだから妹よ　帰ってきてはならないのです
姉さん退院したいの　と言ってはならないのです
すると　草をぬく理由がわからなくなって
こうして　逃れの庭にきていることがわかるのです
こうしていつも　紋白蝶が舞い降りてくるのです
微風さえひそかにたたみ込んだ翅が
わたしの視線にぴたり静止ったままなのです

風の男

みえない時代のみえない村の田の
水の具合を見回るのは老いた男だが
わたしは彼を風の男と呼ぶ
いつからか　風の男が吹いてきて
田は田ではなくなったから米は作らないという
田は田である前に耕す若者は去り
引き継ぐ両手がなかったから
水の音を語り告げなかったという
収穫である前に減反であり
減反であれば休耕であり
百年また百年を継ぎ　眠りより深く泥を踏んだが
ついに一枚の田は風雨にまかせ日と夜にまかせ
熱病のようにわきたって
ぼうぼうの原野に還っていったのだ
あたらしい農具のツメとキャタピラは
声もなく追い立てて
老いた男の手足を奪い
誰にもみえない風の男にしていった
空っぽの胴体をゴロンと刈田に広げ
仰向いてみれば空は深く土は温かかった
太陽は沈みまた沈み
土の体でそのままいると
胸のあたりから
スズメノテッポウが芽吹いて光り
やがて　ガマが生え笹が茂り低木が立ったが

何も言わなかった
野草が赤い花をつけると
土の底から息ひとつ吹いた
赤い花が吹かれてゆれた
白い花が吹かれてゆれた

一本の樹のように

夏休暇には幼い孫がリュックサックを背にもどってくる
幾日かの食卓のにぎわいの後　皆が去っていくと
ひさしの深い山峡の家では
ぼんやりと立ちつくす窓が近づいてくる
ここに立つ者は一本の樹のように
はるかなものをみてしまうのだ
わたしはいつから覚えてしまったのだろう
静けさは突然訪れるものだと……
ふるい家では窓から外をみることが
生きることだと思いはじめる

その日　何億年の向こうから枝分かれし
さだまった道を選んだ一匹のカラスアゲハが
わたしの目前をひらりよぎったのだ
池の水面に落下するようにして一瞬体を浸し
じぐざぐと飛び去っていった
複眼のならわしになぜか血が騒ぐ
いつかのわたしが蝶をさえぎるスリガラスに映る
ひそかにみている
白濁の明かりにぶつかり羽ばたく翅がずり落ちていく
後戻りできない繰り返し
わたしはいつから知ってしまったのだろう
静けさは力つきたものに沁みていくものだと……
黒地の翅はあおい鱗粉でかがやき
後翅の裏にはあかい斑紋の灯るいきものよ
硬直してなお持続する色彩は
(わたしがからだにまといたいしきさいは)
もはや蝶ではなくその亡きがらでもなく
生と死が謎のように重なったものなのだ
わたしは一枚の翅を手のひらにして

今でもあの日に立っている

柿の木

柿の木が狂ったようにたくさん実を結ぶ年の　小春日和には　あまい実と実の間に　いつの間にかひとりの老婆が座っていて　生涯の終わりに　なめらかに喉をくだった熟柿を手にしている　あちらの枝からこちらの枝から　ひとつまたひとつ枯れ葉が落ちるのを　眼を細くして見ている　地上に散らばった葉をいつ掃き寄せようかと　のぞき込むがもうすこし待とうとつぶやいている

やがて　落ちる葉は一日二日の風にさらわれてしまう老婆は曲がった腰をのばし竹箒を握る　地上でしたしぐさと同じように落ち葉を掃き寄せる　ガサガサ　音がして小山のようにもりあげていく　するとこの世に生きていたことがよくわかるのだ　すでに　土にかえろうとする溶けかけた葉をひきもどそうと繰り返すうちに　すっと箒の先にひっかかると老婆は　ほほ笑んでいる　自分はどこにもいないが　柿の木のあるかぎり体の方へ引き寄せるものがあるのだ　戦争とか頼ってきた疎開家族の空腹の芋畑とか　誰ひとりご飯一粒残さなかったこととか　いちばんあまい柿の実のこととか　水のようにざあっざあっ掃き寄せているのだ　遠い歴史のあかい柿の実と実の間には　ときおりひとりの老婆が降りてきて　生きていた日の数をこんもり盛った両手から　はらりはらりこぼしてみせるのだ　柿の木のしたにはいつも柿の葉が掃き寄せられているように

かなしみ

忘れられた家の忘れられた畑には　晩秋に咲くヨメナが　ひっそりと陽をあびて絶えることがない　忘れられた畑にたどり着くには　忘れられた顔をしてエノコロ草とイヌタデの野を過ぎ　こんもり茂った雑木の斜面を降りて行かなければならない　丈高いススキに身の丈が埋もれ歩幅が　危ういのだが　こわばった茎をかきわける

と　一条の光が差し込む　ふたたび足裏でかつてあった
小石をさぐり　土の湿りぐあいを確かめる

やがて　いろいろな草の匂いに囲まれ草と草の間に閉じられてしまうと　わたしは誰の眼にも映らない　ここから先へ行くわたしは　自分がどこに行くのかわからなくなることを望み　何をしているのかわからなくなることを　ぼんやりと背筋に感じている　けれどわたしが忘れに行く途中の土のくぼみに　人の足跡がめり込んでいて　その人も　かなしいのだと解ってくる

こうして　自分が自分であってはならない世界から　自分が自分である世界へ移るには　何度も何度も　忘れられた畑に行って死ななければならない　空を仰ぐと一枚の曇天が　昨日と同じ乳色である　忘れられた畑の端に体を入れると　ヨメナはうなずくように咲いている　ヨメナは明日も　その次ぎの日もそのまま咲いているだろう

曇天の生涯

この世に生まれた時から　寒村の畑の中に置かれ出口も入り口さえも知らず　役牛のように泥濘そのままの生涯を　送ってきた者に　期せずしてやってくる最後の忘我の瞬間あるいは　至福の数秒について記そう　例えば永く土を耕すうちに己の体を深く耕してしまい　自分の顔より大きい芋の葉ばかりを刈り続けた老婆の場合　次第に老い衰え身動かぬ体となり　ベッドに横たわる日がくる　ただ独りになってみれば　一度も自分の靴をはかず一度も自分の足で畑の外に出たことがなかったと気づく時がくる　冷たい雪が屋根にも部屋にも　手にもつ食器の中にも降り積む冬がやってきたのだ

窓からは曇天が見えた　灰色の雲が真綿のようにちぎれたり重なったりした　どんな形になるのか想像したりした　けれど　やはり自分には何の価値もなく何の誇りとするものも見いだせなかった　ただ山峡の狂った風の歌を聞くばかりだったと思いはじめる　そうして寒さが身

にしみる朝老婆はあっけなくこの世を去った　霞のような淡い光に包まれてほほ笑んでいた　至福の風に乗ったのだと思う
たぶん　一度もはかなかった自分の靴をはいて自分の足で囲いの外へ出かけたのだと思う　それがわかるのはわたしも　かつて　寒村の畑で自分の顔より大きい芋の葉を　いっしょに刈ったことがあるからである

老婆を解放した忘我の一瞬が雲の形をして窓に残ったそれは曇天の中で灰色の雲が浮かんでいるだけの窓であった　じっと見つめていると　しきりに生命を目覚めさせようとする子供の天使の動きに思われたが　錯覚であろう　しかし　わたしは灰色の雲がゆったり流れ　次に靴の形になるのを待っているのである　そのどこまでも歩ける靴をわたしの足に合わせてみたいからである　これらのことは山野に身を削り己の名も足跡も何ひとつ残さなかった者にのみ起こるのだと思う　この世に何の望みも託さなかった者にのみ恍惚の数秒は与えられるのだと思う　否　恍惚の一瞬のためにのみ冷酷な生涯はあるのかもしれない

（『窓とホオズキと』二〇〇二年緑詩社刊）

詩集〈ナナカマドの歌〉全篇

締まらない戸

わたしが戸締まりをしようとすると
どうしても締まらない戸があるのです
きのうまで　きちんと締まったのですが
去ろうとするとどうしても締まらないのです
何度も何度も力をいれたりなだめたりするのですが
カギがうまく合わないのです
それは木製の戸の木片の凹凸を合わせる簡単な仕組みです
とても確実な方法なのです
この日　あの子はとうとう帰ってきませんでした
もう三十年前からこの日にはかならず帰ってきたのです
ええ　その日が今日だったのです
風がザァーッと古い家を一回りしていうのです
――またいつかあえるからまたいつかあえるから――

すると　大黒柱がいろつやを失い食器棚が
他人の顔をするのです
きのうまで足裏になじんだ廊下がざらざらするのです
魂の斜面にかげりが映るとそうなるのかも知れません
締まらない戸の奥にまた締まらない戸があって
人間の気配のしない裏庭に抜けるのです
過ぎていった足跡に
ヤブタデが寄りそって咲いているのです
ええ　あざやかなアカマンマではありません
まばらに淡い紅の花をつけひっそりと待っているのです
葉の中の暗い斑紋がアザのように浮いているのです
わたしが戸締まりをしようとすると締まらない戸があるのです
去ろうとするとどうしても締まらないのです
古い木の家は繋がれていた鎖を一つずつはずして
ふかいふかい川を渡っているのかもしれません

ナナカマドの歌

ススキが銀色になびく季節
わたしはちちやははから生まれたのでした
けれども　ちちやははわたしから生まれたのでした
やはりススキが銀色にひかる季節でした
高い山のすそ野でした
そこにはススキの原がみわたすかぎりひろがって
波うつしげみに深く生まれたのでした
ナナカマドがあかく実をつけると
わたしは逢いに行くのです
雪が降らないうちにおいでください
と　知らせてくるのです
わたしは高い所には近づかず
崖っぷちには近づかず
「死の陰の谷」*は通り抜け
足もとを選んで昇っていくのでした
ススキの原の空は白い雲と黒い雲が
あわただしくからみあって
陣痛を起こしているのでした
ここで　ちちやははもう一度あたらしく生まれるので
す
わたしはかきわけてふるいちちやははをさがし
息のとどくほど近づき
横たわった背中に手をおく
するとあえぎながら――いってきます――というのです
ナナカマドがつやつやひかっていました
わたしは手をふって――いっていらっしゃい――という
のです
にんげんの無数の訣別と約束の日々を
いま　きた道を
やすらかに帰っていくのです
これで何度めでしょう
ナナカマドから知らせがきたのは

＊旧約聖書の詩篇第二十三篇

わたしの知らないわたし

廃屋の板戸の前に立つ
ここまではくる
夕方の空がももいろに燃える日のこと

板戸の向こうには暗い部屋がある
人が立っているようで
開けようと手をかけるのだが
向こうの人も開けようと手をかけているようで
引っ込めてしまう

そこは　かつての牛舎
牛のため朝露のあるうちに草を刈り
背中いっぱいに背負い
ずしり降ろすのは母の仕事だった
ほどける草束のなかに
ササユリの花がふるえていたのを覚えている
ちいさなわたしはそのままそこにいる

たくさんの夕方が過ぎた
閉ざされた板戸の前に立つ
声をかけようとするのだが
向こうの人も声をかけようとしているようで
ことばはのみこんでしまう

わたしはほんとうは恐ろしかったのだと思う
あるいは
わたしの知らないわたしが人形のような目をして
ももいろに燃える夕方をいつまでも見ているのが

唄の行方

夜明けの大脳皮質の上に
まっくろけの牛があらわれ
まっくろけの牛の背には
コモがかけられ

ユタンがかけられ*
いちばんおとなしい牛の背には
白無垢の花嫁が縄でしばられ
ぞろぞろとぞろぞろと
牛　牛　牛があらわれ
牛　牛　牛が追い出され
東へ追い出され西へ追い出され
列を乱しながら歩くたくさんの蹄が
夜明けの大脳皮質の上を踏み
かなりの重量で踏み
ねむりの中のシロスミレを踏み
上ったり下ったり
蛇行していく
その牛の草を嚙む口の動かし方
しろい歯ならび
見覚えのあるひとみ
尻尾のふり方
どうしても南へ売られていく牛
どうしても北へ売られていく牛
のろのろとのろのろと
あらわれてくるのは
灰色の村からではなく
遠景からなのだ
しかし　遠景はどこにいったのか
ただ牛が夜明けの夢にあらわれ
牛の背には花嫁があらわれ
もうすぐ消える夢にあらわれ

*コモが……　千屋の牛追い唄

雑木林

歩きながらどこを歩いているのか
ふと　わからなくなる
歩きながらどこへ行くのか
ふと　わからなくなる
つまずく橋ばかり渡っている

わたしがたどる雑木林は
どうしてこんなに
空がゆるくたわむのか
こがらしならこがらしの歌ひとつ
わたしに教えてくれないか
黙ってみあげると
鉄色の梢が煙って見える
湿った落ち葉を踏んで歩く
わたしの雑木林はすぐ行き止まる
またしても
臆病な一枚の板を渡して歩く
歩きながらどこを歩いているのか
どこへ行くのか
ふと　わからなくなる

鳥影

冬の朝　小鳥が路上に落ちていた
銃でうたれたのか
眼のほとりに穴があいている
うらがえし黄色い胸毛にさわる

すると
ちらっと鳥影が頭上をかすめた

まだぬくもりのある体と冷たい足を
片手の中にまるめ流れに沿って歩くと
とても大切なものになっていった

わたしは一ヶ月の間　紙にくるんで捨てなかった
時々開く
両目がくぼみコチコチに乾いている
それでも羽をひろげてやると
しろい帯がななめに続いて飛ぶ形になる

するとまた
ちらっと鳥影が頭上をかすめた

わたしはすばやく空ごとくるんだ
あれは確かに　おまえの死だったが
地中ふかく葬ってから
わたしのなかで　羽ばたき飛び立つものになっていった
それだからか　ときおり
小鳥のように首をかしげ空を恋うことがある

雪の時間

深雪に埋めつくされた苅田は見知らぬ国の原
降り積んだ雪に記憶の風が
吹き寄せ吹きだまりができる
斜面ができる
さらに雪が降りさらに風が吹き
やがて象の耳がかたどられていった
いま　おさない象が群れからはぐれたのだ
はぐれた象のために
吹雪はひそかに胴体の輪郭を描いていった
さらに雪は降りさらに風は吹き
胴体のつづきに長い鼻の輪郭を描いていった
ああ　やっと
低い声で助けの信号を送りはじめたのだ
しかし　風は吹き荒れ雪を舞い上げ
やっと伸ばした鼻を消し去り
胴体を消し去り
耳のかたちひとつだけを残した
谷間の川面から吹き上げる風が
ほうほうと身をよじり
象とたわむれているのだ
だが　聞く耳ひとつあればいい
わたしは　ふと自分の耳に触ってみる
わたしの一番深いところでねむっている無数の耳
忘れている耳
はぐれたわたしの耳のために
吹雪はやがてわたしの耳をかたどり始める
そのように雪は降りつづき

そのように風は吹きつづけ

カヤパの庭

今夜、鶏が鳴く前にあなたは三度わたしを知らないと
言うだろう　　マタイ二十六章

ゆうぐれの窓から
ぼんやりと椿の花を見続けると
心の底までのぞき込まれていると思う日がやってくる
赤い花の芯にとらえられ　つつぬけにのぞき込まれてしまう
誘われるままに樹の下をくぐり敷石を横にたどり裏口から
あの人が裁かれているというカヤパの中庭に入る
大祭司カヤパの庭にも椿の花がいっぱい咲いていて
わたしが葉と葉の間から見ていると
「何を言っているのかわからない」と一番弟子の男が否んだ
二千年前の炭火が赤く燃え　裏切るもの死刑を望むもの
しもべや女中が集まっていた
またしても「そんな人は知らない」恐れて誓う声がした
遠く波打つガリラヤの湖から一匹の魚が泳ぎ去った
わたしが赤い花をのぞくと　男の涙がこぼれそうだった
こんなところに誰がつまずく石を置いたのだろう
三度目の声がまたしても
「その人のことは何も知らない」と言うと
追い打ちをかけるように女中が
「この人はナザレ人イエスと一緒だった」と言った
それはわたしの声だった　わたしはそこにもいたのだ
静かなゆうぐれに包まれると椿の花がまっ赤に咲いて
ぼんやりしていると　鶏が鳴いて男は外に出て激しく泣く
いつのまにか二千年はあっけなく過ぎて
そのまま赤い花の形をして地面に落ちるものがある
罪も弱さもそのまま受け継いで
わたしはカヤパの庭を行ったり来たりしている

オブジェ

かつて　父たちが植林し造林にとめた杉山に分け入ったことがある　天に垂直なその杉の木に絡みついたカズラを切るのだ　きつく巻きついた紐状のものを力ずくで引っ張る　細い毛根がびりびりと剝がれる　引きながら解きながら木の周りをぐるぐる回る　解くと締めつけられた跡がケロイドのようだ

わたしは　解いたカズラを束ねて　一つの輪に編んで行く　最初の輪につぎつぎ絡ませ　縄目を作り隙間を埋めながら　偶然にゆだねてオブジェを作る　壁掛けを作っていく　隙間には野の花と杉の実とカモガヤの野を飾ると　朝と夕を加え小鳥も加えることになって　ドライフラワーの壁掛けとなる　やがて乾いてくるとピソンの川もユフラテの川も流れはじめる　浅瀬の葦の間にきのう誘われた聡い蛇のことばを置く　これがわたしの園である　それを玄関に飾る　誰にも気づかれない　わたしだけのオブジェの中で　わたしは　いまだエバのままであり　出る時も入る時も　魂のありかを問われつづけているように思う

所在

おおきな柿の木の下にシャガの葉群れがひかっている
触れるほど近づき
——まだひらひらの花は咲かないかなあ——と声にだして
そこを通り過ぎようとする
すると頭の上から柿の花がポトリ落ちてくる
——シャガのどこに落ちたのかなあ——と声にだして
通り過ぎようとするが
根元をのぞき込んでさがすことになってしまう
するとまたひとつ頭の上から花が落ちてくる
葉群れは込み入っていて
じいっとみつめるがわからない
さらに目をひらいて
所在なくたちどまった庭は

いまもひかる葉群れのままわたしを呼んでいる
同じことをどこかで繰り返したと思う
たちどまった影が並んでいる
季節はかぎりなくあたらしく過ぎるが
わたしは通り過ぎたらどこへいくのだろう
この庭はひとつの世界であって
落ちてくるものがふんわりつもっていて
やがて腐っていく時間は地上のできごとである
しかし　静かなもうひとつの庭へもつづいている
誰だろう　空からすずやかな声が降ってきて
わたしは自分の肉声を恥じ
葉群れのひとつになってしまう
すべての雑音から遠ざかってしまう

花冷え

次の年もシャクナゲの花を楽しもうと満開になると花摘
　みをするが
今年は手をのばすのをやめて眺めるばかりした
いつもなら花の向こうのネリザコ山はやさしい雨に炎を
　あげて
しろくこんもり盛りあがり
もえるツツジがほんのりあかい新緑の山
フジの花がにじむ薄むらさきの新緑の山
寝耳に聞いた雷鳴にもみぶるいひとつしなかった
けれどこの度は
真夜中の風が暗雲を呼びどしゃぶり雨をたたきつけ
ネリザコ山をみぶるいさせた

冷えこむ朝方に
わたしが山を見渡すとそこらの山は海になっている
あそこの竹のひと群れが頭をたれて波打っている
三十本ばかりのカラマツが右にゆれたり左にゆれたり
杉の木がもまれもまれてぐるぐるぐるぐる
濃霧は低くたれさがってきて
景色を隠したり現したり

五月だというのに気温は十度をきって八度
箱の早苗が伸び悩んでいる
ジャガイモの芽がおそるおそる出てくるのだが
休耕田が雑草におおわれて
もんどり打って荒波だ

次の年もシャクナゲの花を楽しもうと満開になると花摘
　みをするが
今年は花が凍りついていて
そこらを照らすほの明るい花房を眺めるばかりした

降ってくるのだ体の中に

もくれんの花が咲いているというのに
雪がしんしんと降ってくるのだ体の中に
発つ者はかならず写真におさまって発つ
辺境の庭のはずれに
父三十一歳の出征記念に六人が並んだ
とりあえず正装した一枚の家族を手にとると
何も見えなかったのだろう普通の顔だ
祖父母父母妹とわたし
あれからわたしだけが生きのびて
またもくれんの花が咲いているというのに
しんしんと雪が降ってくるのだ体の中に
不安な季節の風の中
きしきしと靴底に新雪を踏み
梨の花が咲いて桃の花が咲いて稲穂がたわみ
半月も満月も谿水に映って流れていった
一枚の家族をよくよく見ると
背後にもくれんの木がゆれている
知らなかったよ
さよならと手を振っていたのだ
気づかれてはならなかったのだ

遠い記憶の風の中で

ある日　風が吹くと父は戦場だった
ある日　風が吹くと父は復員兵だった
山峡の土の庭に帰還した
やせて黄な顔をしていたという
わたしは母の背後からそっとのぞいたという

記憶はいつも病んでいた
卵を食べては吐き下痢した
魚を食べては吐き下痢した
肉体は虚弱になっていったが

ある日　山林の伐採をして腰椎を痛め
ある日　倒れくる大木の下敷きになって気を失った

父は戦場のことは何も語らなかったが
荒々しい風が吹く日
兵士の挙手の貌になり

突然どなったりどもったり闇の頬を打つ音がしたりした
またどんな風が吹く日だったのか
囲碁のひととき高く手をあげパチリほほ笑んだ
池に放ったニジマスをつりあげてほほ笑んだ

やがてブドウ病に伏し手がふるえ全身がほそり
やがて十月のハチに刺されあっけなく五十八歳で死んだ

ある日　遠い記憶の風が吹くと
わたしは中学生だった
「民主主義」がまあたらしかった
「アメリカ」がまあたらしかった
父は窓辺のわたしにポツリいった
「女の子は新聞など読まんほうがいい」
何かに向かっている姿勢だった
低いひくい声だった
あれから六十年
声と意味は薄れていくが
わたしは土の庭がそのままにある入り口に立つ

父と向き合った窓辺に立つ
向き合った空間のうす明かりと血のぬくもりの間に
「平和」という活字を置いてみる
しかし　一条の光の中

父のたたずまいは浮かばなかった
それゆえに
今は廃屋の白濁した窓辺を持ち歩こうと思う
戦場のひとみはやさしかったように思う
さみしかったように思う
風と光と影のように

六十年

みえない空から
雪がふってくるふりしきりふりつもり
六十年が暮れていく
終日ふれば
吐瀉物も銃声も白一色に
平和な窓も悲惨なニュースも白一色に
あっという間に埋もれてしまう
ここはどこの路地であるか
ここはどこの軒下であるか
知っているのに異郷の匂う雪道を曲がり
近づくのか遠ざかるのか歩き続けて
ちいさな診療所のドアの内側
わたしは倒された椅子の上で
歯周病の歯を抜いたばかり
麻酔がきいて唇に感覚がない
こんな具合にわたしの六十年が暮れていく　しかし
ゆっくり椅子が起こされて白いマスクが言ったのだ
　この七本の前歯は七歳の時のものです少し虫歯ですが
　削るには及びませんフッソを塗っておきましょう
何ということだと雪が舞う
どっと光が射しこんでわたしは七歳
疎開してきたアサコちゃんとカチグリを食べている
ヒラツカのおばさんの讃美歌が廊下から聞こえてくる

もうすぐ原子爆弾が落ちて戦争に負けることなど
誰も知らなかったあの家が暮れる
みえない空から帰り道だって同じ
雪がふってくるふりしきりふりつもり
橋の上から川の流れをみつめている
ふってくるものが水に溶ける瞬間をみつめている
ぼんやりとたちどまると
なんだかあたりが深くなるのだ
岩にぶつかる泡がスノードロップの花のように白くなる
　のだ
ふりむくと暮れていく六十の目にであう
雪の日は暮れるのがはやいという

白の旋律

疎らな里のわが雪よ
もうながいあいだ眠っている屋根に部屋に
小鳥さえ羽ばたかぬ庭の木に
びゅうびゅう吹雪いたならば
沈黙がかたるように
ふんわりとふんわりと降りつもれ

隔たってしまったガラス窓で
遠い日付が白い光りに射られ
真冬の一片がきらり舞うと
ひとつの屋根のひとつの部屋は灯をともす

おののいて　照らされる父の防寒帽
それは極寒の兵士だった大陸の異国のかたち
母のみがいた鉄鍋の食べるかたち
たがいに横向きのままのきのうの時間
愛のようなものに　もう泣くこともないものに

なつかしい細胞がかくされているらしい
天と地の間を誰がつまびくのか
昔あったことは今もあること……
はてしなく降る白の旋律

埋もれた耳が聞いているだけの

そのままの朝

古い家の台所にはそのままの朝がある
敗戦後わたしが中学生だった頃
食べるものも着るものも乏しかった時代の雪の朝
母はいつものようにカマドでご飯を炊いていた
めらめら燃える炎の前でなぜか泣いていた
父はすこし離れたところで行ったり来たりしていた

夕方山から帰った父は獲物の雉を手にしていた
わたしはまだ温もりのある雉の暗緑の羽に触った
それから羽をむしる父の手さばきをみていた
貴重な食肉だった骨まで砕いてまるくまるめた
母は雪の畑から大根をほりだし七輪に炭を置いた
朝の争いが何であったか解らないまま胃の腑はみたされ
　ていった

戦後は薄れていくが消えるのではないそのままの朝に
そっと体を入れるとひび割れたカマドが燃えはじめる
あの日涙した女もうろうろした男もあわてて去った気配
　がして
しかしその気配だけは完全にわたしのものだった

遊び

雪の原が映る一枚の窓があれば
いつどこでも　幼年にもどり雪遊びをするだろう
死んだ妹を呼びもどすだろう
ゴワゴワしたヤツデの葉蔭でも
小鳥がナンテンの実をついばみにくる明け方でも
死んだまねをする二人だけの遊びをするだろう

それは単純な遊び
雪の上に仰向いたままカカシのように倒れること

しばらく目をつむったまま全身の形をのこすこと
たがいに背中のくぼみや身の丈を競い
澄んだ空気の中で笑いあうことだった

それだけのことが今も記憶に残っている
なぜ　落下することがあれほど楽しかったのか
なぜ　あれほど自分の背中を見ようとしたのか

今思うと　わたしたちは何も知らないで
死の上に生を重ねて遊んでいたように思われる

雪の原が映る一枚の窓を開ければ
まぎれもない幼年が刻まれていて
いきいきと
雪まみれの二人は死んだまねをしている

花いちもんめ

帰る季節がやってきた帰りたいといった
地の果てからやってきた帰りたいといった
帰りたいといい続けてまたしても地の果てに向かった
山頂からやってきた帰りたいといった誰にも聞こえなか
った
あたたかい家に帰りたいといった空に昇っていった
一本の樹からやってきた帰りたいといった
あたたかい心の中に帰りたいといい続けまた離れていっ
た
横たわったまま樹皮となった
空を抱く草原となった
帰りたいといい続けて春一番のつよい風になった
やがて白いカーテンがゆれるやさしい風になった
帰りたい風になった快復したから帰りたいといった
帰りたい風になった風になってついに帰ってきた
ももいろの帽子をかぶった日々と
作業所にかよった靴あととなぜか地図帳が帰ってきた

幸せになりたい「幸福論」[*1]が帰ってきた
駅ビルで食べた食券が「いちばんやすいものでいいから」
はにかんだ真昼が帰ってきた
独りで歩くさみしい傘がくるくるまわって帰ってきた
わたしは掛ける夜具と敷く夜具の間に
季節のからだをゆるやかにのばす枕を置く
遠くで――ほんとうに帰るところはどこなの？――
めぐる季節の声がする近づいてくる
わたしはいっしょに遊んだ「花いちもんめ」の庭をひろげる
何枚も何枚もひろげる
　ふるさともとめて花いちもんめ
　あのこがほしいあのこじゃわからん花いちもんめ
　このこがほしいこのこじゃわからん花いちもんめ[*2]
ひとつの死がまるで希望であるかのような
一回かぎりの季節をひろげる

＊1　ヒルティ著『幸福論』
＊2　童歌「花いちもんめ」

一つの風

その路地を通り過ぎたのでした
電車にのってその街を通り過ぎたのでした
途中下車してあなたの窓に向かい名を呼ぶはずでした
とても大切なことがあったのでした
呼ばれていると思ったのでした
しかし　なぜともなく
つい通り過ぎたのでした
次の日があると思ったのでした
次の日にはまた次の日があると思ったのでした
ガーゼにさえぎられているようなのでした
一度通り過ぎると取り返しはできず
わたしはわたしを通り過ぎあなたを通り過ぎ
小さく歌う声を通り過ぎるようになったのです
あなたの部屋へ続くバス停留所を忘れ

あなたの部屋へ続く不動産屋の看板を忘れ
三階へ続く階段を忘れていったのです
けれども　一つの風が吹くと
あなたのまわりをめぐりながら
通過してしまった昼と夜の劇場を思い出すのでした
すみれの花がライトをあびていました
やがて　大切なものに終幕が降りると
オルガンが山から山へなりひびいて
空は梢にまるくふちどられているのでした
わたしは草地に踵をそろえ
腰からふかくおじぎ一つしたのでした

夏の終わり

日没前のほんのひととき
ちいさなマホと手をつないでカナカナの鳴くのを聞いて
　いる
ひどくかなしいというのではないが
すこしかなしいものが沁みてくる
「せみがないているねえほらあんなによくないているね
　え」
と言うと
「カナカナはかなしいかなしいってないているんだね」
かなしい意味もわかりそうにない幼い声が言う
ゆうぐれにつつまれるとわかるのだろうか
返事に困っていると
「どうしてカナカナはかなしいかなしいってないてる
　の？」
わたしはますます困ってしまう
今日という日が暮れて行くだけのことなのだが
三才のことばにゆすぶられている
突然　この子への愛情がはげしくわいてきて
血の濃さを死ぬまで背負うのだろうか　戸惑ってしまう
あしたはマンションに帰って行くこの子に
わたしは心の中で言う
「マホよカナカナはかなしいかなしいって鳴いたらその
　次に

「愛しているよ愛しているよって鳴いているんだよ」
だまって　ちいさな手をにぎりしめるほかなかった
こうしてわたしの夏はまた一つ過ぎていくのだった
寂寥の影を踏んでいる自分がよく見えるのだった

春の雪

雪の村道を女は娘を見送るために　どこまでもついて行こうとした　街の学校に進学することになった娘に細かい注意をしたかったのだ　お金のことや解っていることばかりを　くどくどと言った　娘はうるさく思ったがそれでも素直な返事をした　バス停留所までの道々女は村で耐えてきたことの打ち明け話もしたかったが娘はもうこのあたりでと　竹やぶの曲がり角で立ち止まった　竹やぶの雪がふわり散った　白い風景の中で　二人ははじめて真っすぐ見つめ合った　互いの表情をとっさに読みとった　娘はふり返りふり返り手をふったが早く独りで歩きたいと思った　解き放たれて　これから街で学ぶことへの希望でいっぱいであった
あれから三十年がたち　女はますます村の顔になっていった　老いて取り残されていくことを知った　自分の胎から育てたものがふいに離れていく　二度と手の内にはもどらぬ日がきたのだ　こうして二番目の娘も三番目の娘も　三月の雪の日に見送り続け　同じく街での生活事項をくどくど言い聞かせはじめるのだ　そして同じく竹やぶの曲がり角にくると　雪がふわり散るのだった
あれから　女のことばは　誰が聞くことになったのだろうか
あれから　帰ってこない娘達の胸の中には　あの日の希望がまだ燃えているだろうか　竹やぶの雪明かりは　今でもどんな明るさとも異なって　離村の戸惑いが　風に舞う明るさである

冬の記

冬が近づくとわたしたちは山の家をさる

四月に移り住んで田畑を耕し種を蒔き苗を育てニガナを貯えておく　夏野菜の実りを味わい秋には水稲の収穫を終わる根菜類をたくわえる　わたしたちは父母がしたように　ひっそりと農耕生活にまぎれ込んで半年暮らすすると「おまえはどこからきたか　誰の土地を守りにきたか」乾いた風が問うてくる

風が問う頃わたしたちは二つの柱をみつめて山の家を去る　空には冬雲がたれ朝夕の冷気にゲンノショウコの紅やツユクサの青が鮮やかさをます　野の草をわたり襟首のすきまから入り込んでくる痛い風に耐え　わたしたちは冬支度をする

籾すり乾燥した保有米は古い土蔵に貯える　芋類やタマネギは木箱に詰める　大根は軒につるしたり地中に埋める　白菜は新聞紙にくるみ　カボチャは土間の片隅にタカノツメ　ローリエは外壁につるして風にたわむれさせる　こうしてわたしたちは雪に埋もれる山の家を去るのだ　部屋も押し入れも掃除して去る日　かもいをみつめ　最後に裏庭に面した廊下をふく　山が映り川の流れがひびく廊下をふく

すると「おまえはどこからきたか　誰の家を守りにきたか」乾いた風が問うてくる　風に問われて途中で手足をとめる　今はないもう今はないモミジの樹をみあげる真夏の陽を遮ってくれた葉と葉　枝と枝そのザラザラした幹をみる一瞬のことだ　今はないもう今はない樹のからんだ根が地上に盛り上がってくる　根が動き空を掴んで土に潜った後のようだ　土と交わったところらしい根の形態はどこかにたどり着くことにあるらしい裏庭の陰鬱はこの家で生涯を終えた人間の　寂しい情欲のようだ　その上に雪が降り積むだろう

どこかでシソの実がボロボロこぼれる気配がしてわたしは一層力をいれて廊下の板をふく

今はないもう今はないあの樹の根が　視界をさえぎるのだ　もっと広大などこか　バニヤス*の丘とか静まった海に会いたいと思う

外に出ると風が冷たく頬から体温が奪われて行く　時雨れまじりのその風をわたしたちは「キタケ」と呼ぶ　曇天が続き長い雪の季節に入るのだ　村人は「セナコ」を着て家にこもる　もうすぐツララが光るだろう

わたしたちは冬が近づくと山の家をとじて去る　冬野菜は週に一度とりにくる　ジャガイモは年の内に食べつくしてしまう芽がでるからだ　三倍麹で作った味噌で煮込み体を温める　もくもくと恵みの味に満足する
カボチャのポタージュでカロチンを補い　干し大根は米糠たっぷりの中に漬けビタミンを補う　わたしたちの冬は土と根をたべつくすことにある
やがて　春が近づくと土と根に手足を通す農耕生活に体がもぞもぞしはじめる　そこには雨風と沈黙だけが続いて　わたしたちは見慣れた風景の中に　ちらちら背をあらわし大地にしがみつくのだ　春夏を越えふたたび　冬のほうへ鍬をのばす　ニンジンの畝をつくる　メシヒバをぬく
すると「おまえはどこからきたか　誰の土地を守りにきたか」と草の風が問うてくる　それから見知らぬ風がやってきて見知らぬ草が群れて行く
するとまた「おまえはどこからきたか　誰の土地と誰の家を守りにきたか」と冬の声で問うてくる
わたしたちは問われる頃に山の家を去る　この地を過ぎ越していくこの地の冬を過ぎ越していく

＊シリアの北東部にあるバニヤスからヘルモンへの道は、フーレー盆地を一望にした牧歌的な風景が展開する。善養寺康之の『詩編の旅』の写真による。

夢

母が行方不明になってから　もう　何年が過ぎるのだろう　夢の中でもいいから逢いたいと思っていると　その夜母の夢をみる　どこか中東の戦場で砂の上に　布団を敷き　毛布をかぶったわたしを　母が身をおおいかばっている　砲撃や爆発や異臭の中で　何とか生きのびようと隠れているつもりだ
しかし　一人の兵士が近づいて来て毛布の中身は何か　毛布を剝がせと言っている　わたしは必死で身を守ろうとしがみついて震えている　やがて　兵士は靴先でわたしを蹴り　力ずくで毛布を剝ぎとった　あらわになった

わたしは力の限り―おかあさんたすけて―と叫ぼうとするのだが　どうしても声がでない　そうして意外にも母は　わたしから離れ　すーっと去って行くのである　呼び戻そうと　何度も何度も叫ぶのだが　どうしても声がでない　やがて　ウウーッという自分の声で目覚めたのだ　体中汗びっしょりだった

ほっとして　おおきな息を吐いたとたん　頭の後方から〈来い《フラウ》・おんな《コム》〉*という戦場の声がひびいた　母はつれ去られたのだ　今度は誰かの夢の中でもいい　いつ逢えるのだろうか

＊石原吉郎

カシミールの空

着ているかどうか分からないので　ずうっと身につけている山羊の毛の上着がある　自分の体が衣にぴったりしてくるのか　衣のほうが自分のほうに寄り添ってくるのか　心地よいのである　ふと　山羊の匂いがしたり山羊の目が　草原からこちらを見ている気配がするのだがさっと雲間に消えてしまう　幼い日　山羊を飼ったことがあるから解るのだが　何よりも自分を解放してくれるひとときがあって　それは人間の顔をはずして一匹の山羊になれることである　時折　山羊の声を出して一つの窓に映っているだけでいいのである　多忙な人にはわからないだろうが　人込みの中に迷い込むことがあるが轢き逃げされたことはない　最後に　糸になるだけであり　糸になってもカシミールの空が一緒なのだ
わたしは百枚の毛衣をまとっているように幸せだったしかし　次第に擦り切れていった　やがて途方にくれる日がきた　とうとう両肘に穴があいた　破れ目である毎日毎日両肘をついて遠いカシミールの空を見ていたからである　わたしは体の破れ目をおおうすべを知らなかった　何日も何日も考えた　衣は衣だから体と一体とはいえ　自分の皮膚をもって継ぎ当てするわけにもいかない　また何日も何日も考えていると　窓いっぱいに草原

が広がり　あの山羊が見えたが　すぐ雲の中に消えてしまった　それからのわたしは　どこにいったのかわからないのである　たぶん　破れ目をおおうために　遠い国で山羊の群れの一匹になって暮らしているのだと思う　山羊の顔をして山羊の衣を着て　何事にもしばられず永遠に安らかな平原で風にふかれているのであろう　そこに一度は　逢いにいってやらなければならないと思う

日を編む

シャクナゲに満開の花あかりが燃えはじめると　たくさんの　まるまるした蜂がやってくる　もぐりこんで蜜を吸い次々と跳びまわる　それがよく見える部屋でわたしは編み物をする　毎年のことだが　いつからともなく蜜を満喫した蜂が　わたしのまわりをぶんぶん飛びまわるようになった　ぼんやりと　独りで編み物をしながら首を右にかしげ左にかしげ眺めるようになってからのことである　西向きの部屋をのぞくと　わたしの横顔がよく見えるはずだ

シャクナゲが咲くと　わたしはひたすらにレース糸を引き寄せ編み針を動かすのだ　白い一日の中にカラマツの緑を編み池にそそぐ水音を編むのに余念がない　しかしほんとうは何を編んでいるのかよくわからないのだ　時に降ってくる小鳥の羽を編み込むことがあって　驚いてしまうのだが　ただ夢中で編んでいるわたしのまわりには常に蜂が飛びまわっていることは確かなのである　わたしは時折　顔をあげてシャクナゲを見る　またうつむいて編む　このようにしてもう何年がたつのであろう

今年も　シャクナゲはたくさんの花をつけ　蜂がぶんぶん飛びまわっている ふと 手を休め花の方に顔を向ける じいっと見つめていると　なぜか唇からクスクスと笑いがもれる　誰にともなく誰かに向かっているのだ　誰にも見えないものを編んでいると　それは自分の顔以外に編むものはなく　もう何年も前の同じ顔もあったりして　ただクスクスと笑う以外にないのである　何度もほどいてきた自分の顔に向き合う時　体すれすれに跳びまわる蜂は　わたしのひそかな笑いを　外に漏らさない

ように　羽音をたてて　幾重にもまわってくれているのだ　と思われてくる

ひそかな土地

昼間でもほの暗い杉の木ばかりの山に　私は最近人目につかない密かな土地を持つようになった　腐植土の心地よい湿度を保っているその土は　人間の皮膚のどの部分よりも柔らかくきめ細かい　光が要らない地面をそっと這う苔が時に目につくだけである　なぜか私はしばしば独りで行く　あるいは憎い他人を避けるため　あるいは自爆する人間が怖ろしいのかもしれない　人間の顔を見なければよかったとさえ思う　特に抗うことのできない純粋な病気の人と話す時　体の隙間から血の汗がたらたら流れるのが見えると同時に　私の体の隙間からも　血の汗がたらたらと流れるようになったのである　私は額の汗をぬぐうだけだが　次第に眠れなくなっていった　そんな日が続くと眠りに行くことにしている　たどりつくと　ふかふかの土を掘って　体形がぴったり埋もれる深さにして横たわる　馥郁とした土の布団をかける　こうして一度死ぬと　私はかなり快復して誰とでも話すことができるようになる　例えば　自分の言葉が　純粋なあの人を傷つけたのではないか　誤解されたのではないか　といったささいな日常が日常を越えてしまい　およそ結論のないまま　果てしなく巡り始める　といった日日がくると　人間の顔を見なければよかった　と思いながら　独り密かに体を運ぶのである　ふかふかの　自分だけの土の部屋に　野ネズミのようにもぐり腐植土になって眠るのだ　時に一条の光に射られて目覚める　こうして幾度か死んで目覚めると　とてもうまく話し合えることを知ったのである　そうして同じく幾度か　さらに深くもっと深く土に埋もれ　眠りから目覚めた人は　近づいてくるだけですぐわかる　肩をならべているだけで言葉は要らないからである　胴体いっぱいに杉の実がぽとりぽとり落ちていて　朽ち葉が　ひらひら重なり続け　小枝がふんわり加わって雨に濡れ　雪におおわれ胸のあたりで土になっている　喉のあたりでふかふかの腐

植土がのぞき見えるからである　くだかれているからで
ある　どこか遠くからやってくる　そんな自分と微笑み
かわして　すれ違った日があったと思う　ミツマタの花
の夢を見た日のことである

幻の草

その時わたしが夢でみていると* 呼ばれている声に起き
あがり　光る草に近づいて行く日がある　地面を這う
カキドオシの露を踏んで住みなれた村を過ぎると　人家
はなかった　村も村人も遠い風景になるが　ふりむかな
い　幼子を眠らせ日と夜の窓を閉じ　遠ざかりながら近
づいて行くが　背にはまだ重荷があった　たどりつくの
は　呼ばれている声に　ふと目覚める時だから　自分で
は　どうにもならないことなのだ
歩きつづけて闇路がほの明るむ刻　小高い丘から見渡す
と一面の草原である　低地に牧草が生い茂りその向こう
に水仙が広々と群生していて　じいっとわたしを誘って
いるのだ　無数の葉は天を指し銀のベールに覆われかす
んでみえる
わたしが夢でみていると　ぼんやり光る草をめざして近
づいている　呼吸を整え　ひと足ひと足近づいている
あの風を待っている　最初の風に全身を包まれたわたし
は　光る草のもとに立っている　かしずくように足元か
ら身を沈めると一本の草になっている　重荷はいつの間
にか降ろされ　何かから解き放たれたと思う　わたしの
草の葉はゆっくりとたわみ　両目を失っていく　ほんと
うの葉になって盲目の中で生きはじめるのだ　あるいは
忘我の中にあたらしく呼吸することになる　わたしは
いないけれどいる
わたしが夢でみていると　時に　呼ばれて起きあがるこ
とがある　出かけることがある

*ジョン・バニヤン『天路歴程』

アセビの花

アセビの花のことだ　すずなりに咲いたアセビの花が落ち地面に重なって夜露に濡れると透明になる　明るい月が山峡の夜を照らす時　宝石のように光ることがある　そんな夜　わたしは一匹のみどりの猫を放す　みどりの目をしたその猫は音もなく　アセビの樹に一度すり寄ってから　もうすぐ琥珀色に変わるアセビの花におじぎをするのだ　それはみどりの猫がほんとうの猫になる仕草であって　儀式なのである　猫が一度おじぎをするとわたしは遠くへ行くことができる　猫が二度おじぎをすると　わたしはさらに遠くあの人のところに行くことができる　わたしのように　真夜中を彷徨うものが　時に猛スピードで路上の闇と一緒にいきものを　轢き逃げすることを　わたしの猫はよく知っているのだ　アセビの花が完全に散ってしまうまでの間　耳打ちし続けたからだ　それだから　おまえはおじぎをして　わたしから遠ざかるのだ　おまえにおじぎをされると　うつらうつらこの世から遠ざかり　遠ざかってはあの人のところへ行けるという具合なのだ

（『ナナカマドの歌』二〇〇七年思潮社刊）

詩集〈雪物語〉全篇

ノドの地

去る日には百日草の花があかい
カラスアゲハがふるえながら蜜を吸っている
山と山に囲まれた辺境があった
風が吹いた畦草がゆれた
ここからはミゾカクシ　キケマン　マツヨイクサが見える
何ひとつ紡ぎはしない無人の静かな真昼
ただそこに田に合う水と田に合う品種があった
早苗が植えられ稲穂は刈り取られ何かが終わった
去る日に後ろを振り向く
一億年前の馬が見たものが畦草の中にあるのではないかと
けれど目路のはるかで切り株がならび
キャタピラの沈んだ跡に水があおく光っている

収穫の後の瞬かぬ放心の目
わたしたちの生涯はその繰り返しで終わる
辺境の水田で無数のわたしたちは
限りない労役を惜しまない
それでも願ったものを手にすることは少ない
いかなる日にも風が吹いた畦草がゆれた
チカラシバ　アメリカセンダン　アカマンマ　ツユクサ
何ひとつ装うことのない無人の静かな夜明け
何も言わなかった田が牛のように起き上がり
背から泥土をこぼし近づいてくる
――田は田であるところと田でなくなったところがあるが
――田はただ田であり続けたい――白い息を吐いて言う
そこにはわたしの影が長い列をつくってうなずいている
何ということだろう
わたしたちは地の果てにいる
雑草と穀物と根菜類の地に埋もれている
それだからか
永遠のことばが風になる畦草になる

お別れに群れて咲くママコノシリヌグイに声をかける
この世でながく辺境の風に吹かれると
ただ　野花の名前をおぼえてしまうのだと……
ただ　声のないものの声を聞くのだと……

*ノドの地　創世記四章、カインの追放された地

呼吸する図面

波打つ図面の一角を指で押さえる
押さえる指の下から見渡すと
叙情の野花を越えて
茶色の田の畦に祖先累代の農民が並ぶ
腰を曲げて田植えが始まる
腰を曲げて稲刈りが始まる
立ち枯れる稲穂　旱魃　冷夏の夏
低い屋根から戦死者を葬る人の列
過去が姿を消して新しい図面が作られる時
窪んだ田は消され働く人間はどこかへ消え
文明の匂う田植機やコンバインが現れる
見晴らしよく整備された稲田の
図面右上の直線に指を移し
わたしたちの生のための四月へとずらしていく
畦草が萌黄の風に芽ぶき
水田に役牛を追う男たちが
泥水をはねて図面を汚す
あれから牛は売られていった
不気味な綱で引きずられ後ずさりし
黒い尻尾は消えていった
切り捨てられた価値に目覚めていなければならなかった
　が
「ダム」は建設され「国道」は開通した
だが空き家が一つずつ増え耕作放棄地が一つずつ増える
力を抜いた指を少し下にずらすと線上でナズナが騒ぐ
井手《いで》*のふちにガマの穂が並び
羊水のような水たまりにドジョウがひそんでいる
指を離すと水に濡れている

嗅ぐとセリの香がただよう
そして　いきなりブルドーザーが音高く
背後から近づき母を轢いていった
母は何度もふりかえり線上を走る
「ココカラ　コウマガッテ　コチラニイッテ」
土地の境を告げ足もとから消えていった
以来　わたしが山峡の国道を渡る時
どこからか大きな車両が近づき背中から轢いていく
ゆっくりと後ろをふりかえりふりかえり農道に入って
幾度もわたしは戻ってくる
星ふる一綴りの過疎よ
深く息を吸い込むと
たくさんの誰かが一緒に深くふかく吸い込み
ひどく膨張した灰色の部屋の中で
わたしの押さえた指の中に
図面はすばやく吸い込まれていった

＊田の用水をせきとめてあるところ

雪物語

終日　雪が降ると村人は寡黙になる　まばらな家はさらに孤立する　辺境の暗い屋根の下で　女はコタツから離れなかった　向き合った私も離れなかった　耳を傾けると　寒風がゴオーッと山肌を滑り降り　はげしい吹雪が近づくのがわかった
こんな日には　白い馬が蹄の音高く中空をかけめぐる　女は瞬きもせず一点を見つめていた　男は降る雪の中杉山に出かけたが夕刻になっても帰らなかった「あの人はまた白い馬に出会ったのだわ　訪ねてくる友人もなくさみしくて」　女の声はたった昨日の私の声のようだった
男は真冬の山林に出かけ　雪の重みにたわみ裂ける木に声をかけて歩くのだ　しかし　幾度となく雪の窪みに埋もれて失神した　その度に降る雪が頬に積もったが　頬の温もりで溶け　その冷たさに目覚め立ち上がった　たどりついた家の戸口に立った男から　なぜか馬の匂いがした

誰ひとり出かけぬ雪の山林に道はない　けれど男にはすべてわかる　幼い苗木を植林し下草を刈り間伐をし　枝打ちしてきた杉山の　土の窪み岩のかたちを　忘れるはずはなかった　いつも木肌に手の平を置いて語りかけてきたのだ　しかしある日　中腹のあたり　木と木の間を縫って白い馬が鬣なびかせ　右横に走り去るのを見た　茫然としていると　今度は反対側から現れ左横に走り去った　何かの錯覚と思い一足一足家路を急ぐ　すると背後に馬の気配がして振り向くと　半ば狂った白い馬が躍りかかるように突進してくる　あっというまもなく蹴り飛ばされ雪に埋もれる　その時の馬のいななきを自分の声のように思いながら　気を失っていった　降り続く雪は額に積もったが　額の温もりで溶け　その冷たさに目覚め立ち上がった　陽は傾き気温は下がりうなだれた馬のごとき姿で　家路を急ぐ　たどり着いたその時　戸口の前で蹄の音がした
女の顔が動いた　馬蹄のために雪はいっそう降りやまぬものとなり　自分がほんとうは何者なのかと深く問われているのだ　男は作業着に凍りついた雪を払い落としている「また出会ったのね　あなたには訪ねてくる友人もなく　でも何より山の杉の木に会いたいのだから」私の声はもう何年か前の女の声のようであった「私たちはこうして帰ってくる物語にいつでも会えるのね」もはや誰の声でもなく風に舞う雪の声であった　蹄の音が遠のいて戸が開き　雪と汗に濡れた男が帰ってきた　充たされた顔の中で吐く息が白い　やはり馬の匂いがした　降りやまぬ雪の日の遠い夢の中で　女は私の眠りをひたすらねむり　私はもう誰のものでもない眠りをねむった　眠りの中でも雪は　しんしんと降り続いている
――ほら　今夜も蹄の音が近づいてくるね
――音高く中空を駆けめぐっているね

たどりつけば憶う

屋根はふんわりと雪をかぶり
たどりついたわたしを迎えてくれる
正面のガラス戸に顔を映すが

無言で裏庭へまわる
枯れたアジサイの花が雪を冠にしている
ことばを持たず燃えつきたのではない
花はみるみるあお色になり
梅雨明けの空から
わたしがゴムマリのようにころげ出てくる
オカッパのスカートを見送ってから
西向きの納戸の窓を見る
とうに沈めた部屋から
空腹に泣く子供の声がする
そばで縫い物をしているやさしい手が
いきなり糸きりばさみを投げつける
キンとタタミにはねかえる
それはたった昨日の断片
この家に嫁した憤懣やる方なき手のこと
今　その胸の内を憶う
わたしはジャノヒゲに足をとられながら
台所の裏口に立つ
すでにひんやり静まってはいるが
中では荒くれ男の猥雑な声
地酒はふるまわれ酔い潰れ
やがて山師のダミ声で商談は手を打たれる
山林の木材を売った紙幣で生活した時代
女子供の夕食は忘れられあとまわしになる
暗い山峡のきびしい林業の日々が板戸に残る
それはたった一つ前の世代のこと
ちらっと頭上を仰ぐと
屋根から雪がドサリ落ちて頬が濡れる
復員後の父が池の鯉を楽しんだ家
雪に耐えぬいた棟木垂木の古い家
たどりつけばいつも憶う
わたしを守ってくれたものの数々
わたしが背いたものの数々

梨の木

学徒動員で大陸の地を踏んだ叔父は　帰還してまもな

く　梨の木のある家に婿養子にいった　高く堅固な石垣の上にその屋敷はあり　庭の端に一本の大きな梨の木が枝を広げていた　白い花が咲く頃　下から見上げると天の輝きのように美しかった　まもなく叔父は五十歳に手が届かず突然死した　敗戦後の庭でよく遊んでくれた叔父であった

石垣は現在　コンクリート製のものにかわり　梨の木は切られ　雨戸は閉ざされ空き家になってしまった　石垣の裾を土の道がゆるくカーブして墓地へ続いている　草ぼうぼうの人一人やっと通れるこの道だけが舗装から免れていてわたしの好きな道である　誰にも会わずこの道を通ると朱赤のフシグロセンノウ　青紫のヤマトリカブトの静寂に出会いほっとする　栗のイガが落ちているそれを踏んでやっぱりほっとする

叔父の死後まもなく叔母は村を出ていった　大都市のマンションに暮らす息子の片隅に身を寄せたが　年のうち八月だけは家を守り独り暮らす　九月がくると「留守を頼みます」という叔母も歳月を重ね「あまり長生きはしとうない……また村で暮らしたらよいのにといってくれる人もいるけれど……」と笑いをこぼしながら　田畑は他人にまかせて去るのだ　見つめると老いた背に　梨の花びらが舞い落ちている　その時だけ舞台中央に立つ満開の梨の木が　大きく身をゆすぶっているのだ

燃える草木

冬の天空はどんよりたわみ
痛いくらいに乾いた風が
枯れ草をゆすぶる
ガザガザ　ガザガザ　ガザガザ
田の畦の斜面で冷たい風は
決まったように荒々しく言う
さあ　枯れたのだからはやく燃えておしまい
よろこんでもいいのだ
めらめらと燃えておしまい無用なおまえたち

ガザガザ　ガザガザ　ガザガザ
すると　辺境の黒い手が火をつける
カヤツリグサ　カモガヤ　ススキの群れが
ぼうぼうと燃えはじめる
まわりの草にちろちろ燃え移る
いびつに縮れ煙りなめるように広がっていく
その外れに一本の柿の木があった
何年も孤独に立っていた
執拗な炎が這いながらたどりつき根元をまわる
すぐに荒々しい炎が幹を見あげ下枝から上へ上へ
垂直にあがるあかい炎の勢いになる
誰かの声が聞こえる
さあ　おまえも燃えておしまい実をとる人間もいない
よろこんでもいいのだ
めらめらと燃えておしまい稲田にお前の影はいらない
嘲笑するように火の粉がはじけながら燃えあがる
幹は黒くくびれたところからよじれ
一瞬　天空に浮きあがり
静寂の中へくずおれていった

蟬の中の一本の樹

蟬のようにはげしく鳴くものの死骸は
納得して土にかえすことができる
野原には一本の樹が誇り高く立っていて
根は地中ふかく錨をおろし
永遠の腕を伸ばし抱きとめてくれる
こうして　蟬の夏は地中でながく営まれる
暗黒の夏から顔をだしたこむしは草木の葉裏で殻を脱ぐ
午前九時を鳴き午後三時をはげしく鳴く
蟬は蟬の声でうっとりと鳴くように創られていた
一匹はただ　枝から枝へ移り鳴きつづけ
一匹はただ　だまって産卵しつづけ
孵化した幼虫は地中にかえりつづける
せめてその間は鳴きつづけるのであろう
しかしある日　風雨が吹きつけ梢がたわむと
ふと　考えてしまったのである
一体　自分はなぜ鳴くのか何を鳴いているのだろうか
それは非常に疲れることだった

羽を閉じて行き止まっている蟬のようなものが
自分であることに気づくのだった
けれど　ひたすら誇り高く立っている樹を登る以外なかった
どうすることもできなかったのである
蟬は蟬以外の声で鳴くことは許されていなかったから
樹液を吸うとふたたび飛び移っては鳴き登りつづけた
天空は果てしなく遠かったが何も考えず
吸い込まれていく以外なかった
すこしずつずり落ちていることさえ気づかなかった
蟬の中にはいつも誇り高い一本の樹が立っていたから
それでよかったのである
蟬のようにはげしく鳴くもののいのちは
納得してこの手に握ることができる
納得してふたたび飛び去らせることができる

風の家

風を入れる日があって戸口に体を入れると
人影がガラス窓に映り過ぎていった
人語の絶えた家ではどこかでふしぎな音がする
しかし何年何十年とながく孤立すると
ふと自分のこころを取り戻すことがあるのか
こっそりささやきはじめている
囲炉裏の間から奥に入っていくと
台所のテーブルと椅子が低くささやき
皿やフォークを並べる音がして
鍋をかきまぜる少女の影がスプーンを握っている
薪が燃える匂いがして煙りの方へ向かう
ストーブのまわりで男の声がどもっている
近づくと煙突のなかに消えたところだった
水玉もようのエプロンがふわぁっと落ちている
フスマを開けるとタタミは一枚の海のよう
裸足で歩くとひんやり冷たかった
障子あかりに目をやるとまた人影が映り過ぎていった

西の部屋のタンスはタンスの上の人形と
細い廊下はカーテンのすそとこっそりささやきつづけて
　いる
誰かが静かに呼吸しているようだった
家には手や耳や煙がしみる目が残っていて
人影には力つきたことばが力つきたまま
いまだ語りたいものが残っているのか
ふかい闇のなかを探して歩く
何代もつづいた家のかたちは残酷であろうか
わたしは風を入れなければならない
外にでると竹やぶがザワザワと騒ぐばかりだった
やがて家は風の帯に幾重にもくるまれ
あっけなく杉山の中腹に還っていった
花嫁のように抱かれて還っていった

あさい夢　妹を偲んで

ねむりの中に霧が流れていました
「海辺に立つブルターニュの少女たち」*が
額の中に立っているあたりにも古びた板の天井にも
霧が流れていました
わたしの二つの目はとじていました
牛の目が四つとじたまま猫が四つの足を折ったまま
柿の木の下に柿のやわらかい花がたくさんの目をとじた
　まま
しかし　絵の中の少女は三つの目をあけていました
夜明けが近い夢の中で
霧が村をおおいつくしていました
村人はみんな死んだように目をとじたまま
川面にも草木の野にも霧が音もなく流れていました
その霧をほそい指がかきわけて
ことばになる前のふるえる声が
わたしに近づいてくるのがわかりました
霧はどこかすすり泣いているようでした
やがてあなたの影があらわれ村の戸口に足をかけ
すべるようにブルターニュの少女の前に立った時
あなたは村人に知られるのを恐れ

光がこわくて水音がこわくて
山鳩の鳴き声におびえ
人間のささやきを避けていたのに
ブルターニュの少女の前に立った時
幻を聴いていて
妄想にとらわれていて
混乱していたのに
わたしのあさい夢の中にふかい霧が流れていて
いま　ようやく
ブルターニュの海辺に立っているのでした
わたしたちは肩を寄せあって並んでいるのでした

*ポール・ゴーガンの絵

イチョウの記

なまぬるい風の中に意味不明のことばが混じりはじめる
と
乾いた唇をして
あなたは山の家に独り扉を閉めて暮らす
あなたは絵を描くのが好きだった
それも画用紙にイチョウの木を描き
黄色のクレヨンで塗りつぶすだけだった
くる日もくる日も同じものを描き同じ色を塗り
一年が過ぎもう何年になるだろう
やっとほんとうの自分を見つけたのか
幹は誇りたかく天を指し枝はすべてを受けとめるように
たくさんの腕をのばし
それに葉と葉を繁らせ黄色く塗りつぶしていった
くる日もくる日も同じものを描き同じ色を塗り
一年が過ぎもう何年になるだろう
自分だけの部屋でただ独りになれる時間くらい
恩寵に充ちたものはなかったのだ
画用紙は尽きることなく誰に見張られることもなかった
しかしある日　窓からほんもののイチョウの木が見えた
それからはイチョウの黄葉をくる日もくる日も見続けた
病気はただ見ることだけで充分だったのだ

けれどイチョウは落葉の記憶を忘れなかったから
一枚一枚と散りはじめる
すると画用紙の中の葉も一枚一枚散りはじめる
ついに窓の外も内も一枚残らず散ってしまった
そしてなまぬるい風の中に銃声が混じりはじめると
あなたはまたどこかへ出かけてしまった
あれからもう何年になるだろう
山の家の木机の上にはたくさんの画用紙とクレヨンが
今でも残っているはずだ

あれは向こうへ

ナンテンの赤い実がうなだれている
裏庭に立つと
雪が降っている中空のあたりに
土蔵の戸がすこし開いたままになっていて
それは胸の厚みくらい開いていて
暗い闇をはきだし続けながら
浮かんでいる
戸を閉めようと近づくのだが
雪は向こうへ向こうへと降っていくので戸口も
向こうへ向こうへと遠ざかる
土蔵の戸は硬く二重になっていて
外側は鉄板で分厚く内側は木製の戸になっている
なぜ　開いたまま幾つもの冬が過ぎたのだろう
何だろう　知らないうちに過ぎていくものは……
しばらくすると
女が夏のユカタをきて自分の乳房を痛いほどおしつけ
土蔵の闇に入っていく
しばらくすると
また　体を横にはだしの片足を出し
やはり乳房をむりやりおしつけて
雪の外に出てくる
女はいつもうすい衣の体ひとつで出たり入ったり
くりかえしくりかえし　雪に混じって形を結ばない
雪の降る向こうへ向こうへ遠ざかっていく
わたしも向こうへ向こうへ体を移していくのだが

雪の足はつよい風にさらわれて　追いつけない
いつの間にかナンテンの実が白い庭に立っている
冷たい冬の風が土蔵の暗い口へ
枯れ葉一枚と一緒に吸い込まれていった

早春

ながい旅から帰ってきたように
山峡の庭に立っている
冬の冷気と積雪の重量に
枯れてしまった木　折れた枝　裂けたシャクナゲ
傷んだものたち
その中にしなやかにレンギョウの黄花が咲いている
石垣のもとには
去年のままのアジサイが死の色をして首をたれ
すぐもとに小さな命がキリッと芽吹いている
終わるとはもう一つの出発が用意されていることなのか
幾度も見てきたはずなのに

いま　はじめて見るようにまぶしいのはなぜ?
見慣れたものは一度も深く見ていなかった
と　いうこと?
あるいは　再び出会うことはないとしたら……
ふと　そう見直すからかしら
風は畦草の小花の上に
終止符を置いたり
出発点を置いたり
まるで　わたしのもう一つの旅のよう
ポケットに手を入れて稜線を仰ぎ空を仰ぐ
空にはミルクをこぼしたような雲が流れていて
なんとなく人の顔形になる
くずれながら　わたしをじいっと見つめる
誰だろう
高圧線の鉄塔の方へ消えていった
頁がめくられるように
いきなり空がめくられることもあるのだ

八月の湖

八月の風が宍道湖を渡る
空には灰色の雲
湖畔の珈琲館から
白い波頭を見ている
立ち上がっては崩れ　また
いきもののように立ち上がっては崩れている
やがて陽が射して波は白い歯を見せる
すると　波間から若者がぬっと現れる
手をふって沈む
二度ともどらない
呼びかけようとするのだが
記憶が水びたしになってことばにならない
昭和二十年八月三日
志願兵の従兄弟のアッチャンは十七才で戦死した
――この部屋のこの畳を狂わんばかりに打って泣いた
　あんな母さんを見たことがない――
アッチャンの妹は語った　その声が
白い波頭になっては崩れ　また
いきもののように立ち上がっては崩れている
八月はわたしたちに告げる
あらゆるものが過ぎていくと
死んでいった人間の命について
目覚めていなければならないと
だが　わたしは波頭を静かに見つめるだけだ
珈琲館は　ついに箱舟になって出発する
錯覚であるにせよ　信仰であるにせよ
生きたかったことばをアララテ山に運ぶのだ
そして　わたしのことばは湖底の一番ふかい所に沈める
ぶあつい窓ガラスから
白い波頭を見ている
立ち上がっては崩れ　また
いきもののように立ち上がっては崩れている

受胎告知

数ある「受胎告知」の絵の中で　フィレンツェにある
サン・マルコ修道院のフラ・アンジェリコの壁画が好き
だ　ただ画集で繰り返し見るだけだが　聖霊によって身
ごもるという人類未踏のドラマにもかかわらずきわめて
静謐だ　特別な出来事とせず自然に描かれているように
思う　つつましい僧院の一角で聖処女と天使だけが対峙
している　鳩もユリも添えられていない　わずかに前庭
の草花と柵の向こうの茂みが葉音をたてているかに見え
る　わたしはその庭を現実の場所に思ってしまう　そこ
はいつの間にか　よく出入りする小道のある庭になって
しまう

我が山里にデージーが群れサギゴケやクサノオが雑草と
共に咲く庭がある　日に何度となく大人や子供が歩くの
で自然に通りができている　かつて役牛が追われ水田に
続くもの　一つはゆるく波形に曲がって畑に向かうもの
がある　わたしはその曲線と曲線の分岐点で　黒いネコ
やケムシや草刈り機を持つ農夫に出会う　だが　初夏の
風が反転して雑草の中に消えるあたりで夢見るものにな
る　十五世紀の僧院の庭が　時空を超えて　わが庭の草
花となり茂みにそよぐ風となる　その時だけマリアと天
使の肉声に聞き耳を立てている

萩の家

この部屋には年に一度萩の花が白い盛りに
虫干しのためにやってくるのでした
そして　なぜかタンスの一番上の引き出しを開けるので
す
何度開けても　ほんのちょっとの間だけなのですが
わたしを呼ぶ声がするのです
生まれて百日目にかぶったわたしの帽子の中からでした
アルバムの中で母親に抱かれて
この帽子をかぶった赤ん坊がわたしだったのです
白色がくすんで虫食いもありました

自分の誕生の始まりがどのようにしてやってきたのか
自分の目で見ることはできません
けれど　始まりは喜ばしくま新しいのです
同じように　終わりも自分の目で見ることはできません
たぶん　静かに出かけるのでしょう
手に取ってみるとフリルがたくさんあり裏地は絹でした
そっともとに戻しあの日と一緒に閉じました
けれども知りませんでした
帽子がこんなに年月を保存するなんて
いつの間にかわたしを脱ぐなんて
また　呼ばれているような気がしてふりむくと
若い母親が買ったばかりの帽子を着せたわたしを抱いて
オイデオイデをさせているのでした
それはバイバイだったのかも知れません

冬の窓

冬の窓からは　乳母車が見える
裸枝を硬直させた銀杏並木をガタガタと
赤い毛糸の帽子と手袋を着せ
幼女を乳母車に乗せて通り過ぎていくのが見える
間近くすれちがう時
今でもやさしく微笑み交わすことにしている
ちらちらと雪は降り続き
何時から独りで歩くようになったのか
冬は　向こうからやってきて
あんなふうにあたたかい上着で幼女をくるみ
乳母車に乗せてガタガタと通り過ぎていったのだ
風が冷たく頬を打つ日にも
リンゴやバナナや魚を同居させて
夕暮れを急いだ日もあった
わたしはいつの間にか乳母車から手を離し
外套のポケットの中で何かを探している
わたしの乳母車からは一人降り二人降り三人降りていっ
た
銀杏の裸枝から小鳥が飛びたっている
はじまる季節を知っているのだ

冬が日光と体温を奪う時にも
白い雪をかぶった山頂はおごそかに歌う
――霧のようなうれいもやみのような恐れも
　みなうしろに投げすてこころを高くあげよう*1――
それだから　わたしは再び未来を乗せるように
あの日を乳母車に乗せて幾度も行き帰りしている
ひそかな思いを聞いてきた
遠く平和に連なる鳶《トビ》ヶ巣《ス》*2の山に向かって

*1　賛美歌第二篇
*2　新見市内の山の名前

挽歌

あのカエデの木がいつ倒れたのか
あなたが亡くなって一年過ぎた冬に気づいたのです
赤いナンテンをとりに来た時
雪の布団をふんわりきて地面に横たわっていたのです
寒いでしょうと声をかけると
もう　半身土に抱かれていますから暖かいのです
というのです

あの月桂樹の木がいつ枯れたのか
あなたが亡くなって三年過ぎた春に気づいたのです
いくら待っても新芽が出ないので切ってしまいました
あなたの後を追ったのかしらとつぶやくと
この切り株から若芽が伸びかけていますよ
というのです

それから何年後のことだったか
古い桜の木が台風で傾いたのです
次の年の五月　生き残っていた枝から蕾がふくらみ
少ないながら　みごとな花が咲いたのです
誰かが見上げた花をあなたが見上げ
今　わたしが見上げているのです
どこかでウグイスがきよい声で歌うので
語りかける言葉がなくなってしまいました

この時　はじめてあなたがこの世から去ったのだと
はっきりわかったのです

あなたがうっとりと小鳥の声を聞いて
わたしがうっとりとただ聞いているだけなのです

第一の樹

愛と分娩でかわいた子宮よ*
おまえを喪ってからというもの
わたしは体の芯に一本の樹を茂らせている
眠るまえにふさふさとした暗い影を落とすが
昼間はぼんやり霧につつまれた常緑
忘れているくらいだよ
ながく一緒に暮らしているうちに
わたしはおまえの幹にもたれ一息ついたり
耳をこすりつけ相談相手にもしている
わたしが横たわるとおまえも横たわるが
おまえの濃い影の中でいつも探さなければならない
あの日の愛しいこどもはどこへいった？
みずみずしいわたしの歳月はどこへいった？
おまえは揺れるだけで名前も知らせない
わたしは肉体の奥も見えず
ほんとうはおまえの容姿だってぼんやりなのだ
ただ緑の葉っぱがきらりきらり目を射るからわかるだけ
さ
ある夜おまえはめずらしく語りはじめる
大栗山のおそろしい風雪で少年が死んだこと
真夏のはげしい造林作業で老人が気を失ったこと
栗拾いにやってきた少女のこと戦争がはじまったこと
野兎の親子がかけ抜けていった日のこと
それはむかしむかしの子守歌だったから
わたしはおまえの落ち葉に埋もれて眠ってしまうのだ
ただ満月に屋根瓦が濡れたように光っていて
何だかおまえの足跡のように

*クワジーモド「森は眠る」より

第二の樹

わたしが草の道を出かけると
いつも一本の樹にぶつかるのです
一本の樹が突然あらわれて
ひたいの真正面から思いきりぶつかってくるのです
たちつくして痛みをなだめていると
封印された声が風にのってきて
樹は樹によって罰せられるごとにぶつかってきて
前歯を折ったり
唇に血をにじませたりするのだという
わたしはざらざらした樹皮に手を触れ
ふたたび歩き始めるのです
草の道には土と石ころがあって踏み外すばかり
足首にママコノシリヌグイがからんで笑うのです
するとまた樹があらわれて
頬にぶつかってあかい傷ができて
ママコノシリヌグイは身をよじって笑いころげるのです
あの子をおきざりにして出かけるとそうなるのです

不具のことばは不具のまま覚醒して
ふいに直立するのです
それでも何かがわたしを出かけさせるのです
遠ざかる月日がわたしの手の平に用意されていて
けれどきびしく罰せられる樹も用意されていて
あおい貌をしたあの子の悲しみにぶつかるのです
風もないのに物憂い音をたてて
黒い地面にぬかずいたりするのです
またある日
一本の樹には産卵する膨らんだカマキリが
ふるえながら時を待っているのです

落葉の小道

わたしの中には落葉の散り敷く小道がある
雑木林の下陰に黄や紅の葉が風にたわむれる山の道だ
高い山の手前でふた手に分かれている
どちらに往ってもよかったが

一人で二つの道を往くことはできない
一つの道はワラビやゼンマイが萌えるところ
もう一つの道は山桜の峠から街に向かうところ
同じくらいに足跡がある
わたしはいつも佇んでしまう
やはり一人で二つの道を往くことはできない
ある日　ただ風に落葉が舞い上がるだけだったが
わたしは誰に誘われたのだろう
人の足跡のほとんどない山の斜面に入っていった
道のない道はずっと先まで続くはずだ
深い山の中の腐植土は馥郁とかおり
靴を沈めるほどやわらかい
ゆっくり呼吸をととのえながらひと足ひと足斜面をのぼる
ほの暗い立ち木の中　自分だけの灯りをともして
歩くだけになるとすべての不安を忘れる
いつからか　人の足跡のほとんどない腐植土に体を埋め
わたしはわたしの中を歩きはじめたのだ
どこが出口かよく判らないけれど
もう引き返すことなど考えなかった
それがわたしを変えてしまったのだと……
遠いとおいどこかで　遠くにいる一才のカホに
とぎれとぎれでもいい　語りたいと思う
わたしの中には落葉散り敷く小道があって
ふっと　出かけてしまう日があって

孤島

人間が老いると　窓になってしまうということは　まわりの人が気づかないだけで　ほんとうはよくあることなのだ　わたしの場合　数日窓からあおいものを見ていた時のこと　胡瓜の葉が　一面に地をおおい　蔓の先が巻きつくものを求めて空をつかもうとしている畑を　見て過ごすことに始まった
――あれはどんなにしても　コリコリと歯ごたえのある実をつけるだろう　葉がくれに黄の花さえちらつかせているではないか――

そのうちに　はげしく茂ってくる葉と蔓に　かこまれて　自分がどこにいるのか　わからなくなってくる
ある夜　星を撒く男を雲間に見る　その男の手から　たくさんの星がばら撒かれるのを　瞬きもせず見たのだ
地上には落ちなかったが　そのうつくしい輝きの下でカタバミが葉と葉を閉じて　うっとり眠っているのを見てから　誘われたのかふかい眠りに落ち　そのままになってしまう　二度と窓から入ることも出ることもなかった　窓になってしまったのだ
遠い山里の古い家では　無数のわたしが無数の老婆となっていまでも窓に映っている　結局　わたしが窓から見たものは　胡瓜の茂みとカタバミだったと思う　その畑の大きさが　孤島そのものだったと思う　わたしはその孤島を今でも全世界のように見つづけている

点景

ガマの葉が　頬を刺すほどに伸びる湿田の　乏しい収穫が終わると　すぐに冬の風が吹く　切り株ばかり並ぶ田の畦草に陽はうすい　その畦草に老婆が腰を降ろしている　過去につながれた鎖を手繰り寄せるように　白い子犬の鎖を握りゆるめたり　引き寄せたりして半円を描かせ　遊ばせている　ちろちろと子犬は走り回る飛びはねる　しかしどんなに走り回っても同じ所で　切り株は一向に終わらなかった　老婆はうれしそうに話しかける　うなずきながら低い声で　笑いながらささやくように　死んだ男に話すように　幾度も幾度も話しかける　子犬が二つの耳を立てて止まると　鎖を強く引いて命令口調の声を出すのだが　子犬にはなぜか分からなかった　子犬の中にも野生の犬がいて　はげしく疾走したいものがあったのだ　あるいは　つながれていたのは老婆の方かもしれなかった　独り暮らしの老婆には犬はすでに伴侶であり　どんな秘密も　隠さずに過ごしてきたのだった　そんなわずかなものにつながれて　人は半生を生き抜くことができるのだ
何年か前　目にした光景だが　雪が降りはじめると　しきりに　あの老婆のことが気になりはじめる　多分　雲

間から明るい陽がふりそそぐと　幸せな顔をしてどんな不安も消え失せただろう　しかし暗雲におおわれ冷たい風にさらされると　孤独でふと死を考えていたのかもしれない　わたしはあの場所から　遠く去ったのだが　雪がちらちら降ると　わたしのまわりに子犬がやってきてちろちろ走り回ってしかたがないのだ　あの風景は夢の中で見たのだろうか

傾斜

真昼　人間が降りてこない坂道で車椅子を押す　足腰の弱った老婆を乗せて　雲一つ浮かんだ空に向かってゆっくりと押して上っていく　片側の竹やぶが風に鳴るだけの　誰にも会わない坂道は　ことばを忘れた老婆の外気浴には丁度よかった　わたしにとっても　他人の目に触れぬことは気楽であった　その日　老婆はいつもより重くなっていった　くくりつけた体がずり落ちそうに傾いてくる　うつむいて眠っているのだ　この時　誰も信じないだろうが　間違いなく赤ん坊を抱いているのだ　多くの老婆が赤ん坊を抱いているというのはほんとうである　我が子を抱きしめ頬擦りしているのを見るのは微笑ましい光景である　その赤ん坊はとっくに成人してしまったが　老婆には今も存在する　実際その胸に抱くことができる老婆だけの　真実の世界なのだ　もう歩けなくなって　死が近くなれば自分の赤ん坊を抱くことが必要なのである　自分の人生をもう一度生きる最後の楽しみというべきか　こうして終わりがくることを知るのであろうか　それとも始まりにもどるのであろうか　歓びの悲しみの　重くおもくなっていく車椅子を押しながらわたしは懸命に　傾斜に耐える　老婆はあの過去の部屋で赤ん坊に　母乳を飲ませながら眠ってしまったのだ　誰も起こすことはできない深い眠りに落ちていったらしい　わたしは今でもあの坂道を上ることがある　必ず重たい車椅子を押してあえいでいるが　ほんとうは車椅子が好きなのである　よく見ると　老婆はいつでもわたしの顔をしているからだ

十月

自分の時代が終わりに近づいてくる足音を　さまざまな
場所で気づき始める老女のことだ　生まれ月の十月　白
薔薇の咲く昼下がり　もう誰も開けないタンスの引き出
しを　開ける　今年もその日がやってきた　人間が寝起
きしなくなって久しい部屋のタンスの引き出しに手をの
ばし　幼女の帽子を手にする　この日にはキンモクセイ
がかおり　白薔薇がほのかにかおった　その上よく晴れ
た日であった
半身にマヒのある老女が　ただ一人の老女であるために
は　どんな老女の仲間入りもしないことであったから
季節は心の中だけでめぐり　親しい人とも心の中だけで
話しかける　もう言葉がなくなったかのように　いつも
壁に向かって語りかけている　過去と現在は一体となっ
て　自分が老女であることを忘れる　しかしなお生き生
きと自分の世界を飛びまわることはできた　苦しみの
日々とか悲しみの日々とかが　少しは人を強くするもの
かどうか　自分の名前もぼんやりなのだ
だが　手の中の白薔薇が縫い付けられた赤い帽子を見つ
めていると　自分がどこにいるのかぼんやり思い出すの
だ　その時　古い写真の中でビロードの帽子をかぶった
幼女にもどるのだ　人間はそうなりたいと思っている
と　時には実現することがある
やがて　もうすぐやってくる日常を越えた夢の世界に
足をかける　薔薇の花飾りの帽子をかぶり　白薔薇を一
輪　胸に抱いて大切なあの人に届けに出かけてしまう
深いよろこびに満たされ未知の世界を飛びまわる時がき
たのだ　土ばかり耕してきた生涯の中で一番幸せな日だ
ったかも知れない
どんな人間の一生にもよく晴れた十月はある　その日
は　どうしてもキンモクセイのかおる日でなければなら
ない　庭には白薔薇が一輪咲いていなければならない

小鳥の声

農耕に生涯をついやす者の多くは腰を痛める　独りの老

婆が腰痛のため次第に歩けなくなっていった　家から一歩も出ることができず　閉じこもった生活をしていたが　ある朝　重い腰をあげることになった「歩け歩け老いても筋力は鍛えられるよ」と小鳥が鳴いたのだ　何という小鳥か分からなかったが「歩け歩けさあ歩け」としつこく鳴き続けたのである　そこでかつての散歩コースを選んだ　はじめの一歩は何とかなりそうに思われた　空を仰ぐことも心地よかった　しかし駅前の橋をわたり川の流れに沿う折り返し点となる所で　体が急に重く足が鉛のように動かなくなり　一足歩いては止まり一足歩いては休み　途方に暮れてしまった　川べりの柵に身を寄せて　じいっと考え込んでいる　その老婆とはわたしの中に住んでいる老いでもある　立ち尽くしたまま風と光を全身に浴び　時が流れたことを知らされているすするとまた小鳥の声がする　もう「歩け歩け」とは聞こえなかった「わたしと一緒に歩きましょう」と聞こえてくるのだ　そうだ　自分はとっくに死んでいてここからは誰かと一緒に歩くのだ　そうだ遠く離れて住んでいるがやさしい末の娘と一緒に歩いてみよう　すると急に体が軽くなってきたのである　ああ老いるとは夢見ることだったんだと気づきはじめる　見えない小鳥により頼むことを知った老婆は　ほほえみをうかべてゆっくりゆっくり歩きはじめたのである　これらのことは　稀に人語を理解する小鳥に出会った時にのみ起こることである

ヌスビトハギ

ある日一枚の木綿の仕事着が　ダンボール箱の底にきちんとたたんであるのに気づく　ひろげると草の実の鉤爪《カギヅメ》が一つ食い込んでいる　どこかで見た草の実だ　これを見たら捜すだろうと　母は死後の脳髄に予想を託したかどうか……　やはり　わたしは跡を追う　庭から湿田へと行きもどりする　いつの間にかズボンの裾についているではないか　どこでついたのかますます捜したくなる　ついに庭の外れのほの暗い樹の下で見つける　すぐ図鑑で調べる　その名は「盗人萩・盗賊室内に潜入し足

音せぬよう蹠《アシウラ》を側だて其の外方をもって静かに歩行する
其の足跡が莢《サヤ》の形状相類するによる……」*とある　その
間わたしは日常から抜け出していた　草の実ごときにこ
だわるのも心底に潜む自衛策　体のバランスの取り方な
のだろうか　また母がどの道を繰り返し行きもどりして
いたか知りたくもあった　それがなかったら「盗人萩」
を見つけた時の小躍りもなかったであろう　結局　其の
仕事着は草の実と共に元に収める　花柄のデザインに捨
て難いものがあったのだ
わたしたちの村は山野の中にありどの家にも藪陰があ
る　老人子供とも秋になると半月の実をどこかにつけて
運ぶ　ただ気づかないだけだ　地に落ちた実は芽吹き
秋ふかくひっそりとほの暗い樹の下や藪陰に愛らしい淡
紅色の花をつける　自分は自分だという顔をして　しお
らしく揺れている　ほの暗い場所ではほの暗さが似合う
ものが咲く　名も容姿も問われることはない　むしろ手
放さなければ絶えてしまうのだ
村に存亡の風が吹く時も　あれこれ手放してなお　ほほ
えむ顔だけが残っていく

*『牧野日本植物図鑑』

（『雪物語』二〇一一年思潮社刊）

エッセイ

わが里千屋《ちや》村

千屋の山峡を切り開いた太田辰五郎《おおたたつごろう》は、太田道灌《おおたどうかん》（江戸城を建てた）の子孫だといわれている。一六七三年、太田利左衛門政重という人が千屋で砂鉄を発見。鉄山業者として住みついたのが千屋太田家の始まりである。田畑、鉄穴場《かんなば》、山林をたくさん持つ金持ちだった。その頃の千屋は稲を作っても多く穫れず、小作制度で自分たちが食べる米はほとんど残らなかった。昭和二十年に小作制度が廃止されるまで千屋の農家のほとんどは水呑百姓だった。粟、稗、ソバを食べていたという。千屋には、砂鉄を採る場所がたくさんあり、砂鉄を採る場所に「鉄穴場」があった。一つの鉄穴場で六十人働き、家は三十軒あまり、家族もいれると百二十人ほどの人が一つの鉄穴場で暮らしていた。

千屋全体の鉄穴場の家を合計すると一千軒を越える。千屋の名はここからつけられたという。鉄穴流しをして砂鉄を集め、火のついた炭で固め塊にして売る。その塊を運ぶ馬は骨折すると、まず治らない。寝そべって休む牛と違って馬は立ったまま眠る。骨折した馬は六百キロ前後の体重を支えて立つことができず、睡眠不足で死ぬ。千屋の冬は雪が積もり、春先に牛馬を使って耕作を始めるが、値段は牛より高く馬が死ぬと損が大きい。辰五郎は牛飼いの若者から馬より牛の方が使える理由を話され、牛が役立つことを知った。貧しい村で、米も鉄も、炭や木材も売るとなっては何かで運ばなければならない。それからみれば、牛は売りに行くときに後から追うだけでいい。自分で歩けるから運ぶ必要はない。当時の現実、貧困の現実をみつめている。

辰五郎は村の役に立つために本格的な牛の育成にのりだした。そして千屋に牛市を開く。一八三四年に第一回の牛市が開催される。そこでは村人は牛馬商のいいなりではなく、牛市では値段をごまかすわけにはいかない仕組みになっていて、牛飼農家が手にした金はこれまでとは比べものにならないほど多かった。これが村中に広がり、たちまち牛を飼う家が増えた。

辰五郎が一代をかけて築きあげた千屋の牛市は、明治・大正・昭和と全国にその名をとどろかせるほどに有名になったが、農村は近代化で機械化が進み、牛が農作業に使われなくなった後、鉄穴流しは外国からの製鉄技術の躍進により衰退していく。だが辰五郎が奨励した、鉄・牛・林業・木炭のうち、牛は生き残っている。荷物を運んだり、田圃を耕すための牛はいないが、高級牛肉を人々に提供するブランド牛としてその名を全国にとどろかせている。千屋牛の歴史は、いかに過疎になっても人々が千屋に生き続ける限り、消えることはない。現在も千屋の「牛追唄」は保存会があり、年に一度、大会が秋に行われ、全国から人が集まってくる。思えば、小学生時代、我が家も牛を五頭飼い、田を耕し、そして牛市にも出していた。今は牛を飼っているのは、千屋全体で五、六軒のみとなった。私の家では牛舎は国道に買い取られてしまった。千屋村は昭和三十年に町村合併で新見市となり、現在の千屋は過疎が進み人口は八四七人に減少してしまった。

私は過疎の現実、崩壊の現実をみつめている。唯、残った人々は秋冷の花のごとく耐えて美しさとやさしさを持っている。閉鎖性も、封建性も引き継ぎながら。私は生家に積雪のない半年間、風を入れに帰り住む。新見市から外界に出て暮らしたことはなく、山村の中で深く心を静めている。

(2014.10.8)

詩作へのプロセス

若い時に感動した小説を再び読み返すことがよくある。「紅い花」ガルシンの短編もそのひとつだ。主人公は最後にその花を片手に握り締め、至福の表情を示して死ぬのだが、すでに硬直しかけた彼の手からその花を抜き取ることはだれにもできず、彼はその戦利品をついに墓場まで持っていくという結末になっている。これはハリコフの精神病院に入院中の作者の体験であるという。当時（一八八三）ロシア青年のインテリ層共通の思想であった悪と闘い、それによって身を亡ぼす一純情青年の悲惨な物語だ。ここで世の悪の象徴としての紅い花が、私の内側で長い間、ひそかに沈潜して脳裏を離れないでいた。世の悪を「抜く」という正義感と信念、命を懸けた戦い、このモチーフが強烈であったのだ。

以来三十年を経て、ふとしたことから詩を書くようになった。更にふとした身辺の出来事から、すなわち、老いた母が、母にとってひとつの世界である畑を耕す力の限界を示して倒れた時、貧しい山村の報われない生涯を嫌でもみつめなければならなかった。どうせなら、もっと深くみつめなければあまりにも淋しすぎると思った。そして「ヘビシンザイの根」という詩を書いた。「母は　すべての理由を超えてはびこるものに挑んでいった／ヘビシンザイの根こそあらゆるものを塞ぐものであった／この村を塞ぎ　村人を塞ぎ／家屋敷　その窓に及ぶものであった／また　ひそかに己の方へむかってくるものにちがいなかった／一体　それは何の根であったろうか／（略）あのものの　地中にくい込んだ根をとれば楽になる　と言った／淋しさに似た笑顔の底に／そんなにも抜き去ってしまいたいものを　かくしもっていたのだ」と行を重ねながら「紅い花」が重なってはずれ、ずれては重なっていった。ヘビシンザイ（ギシギシ）の根を不条理の象徴としたのだ。そしてはるかな迷妄の世界を歩き始める。書くことが楽しく生きる力となった気がした。詩を書くことで、どんなに「生」とかかわれるか、「生」と「死」の深みにかかわれるか、自分の「場所」

を通してどのように、みつめていくか問われている。一方で無学な私の書くものがいつも「詩」であるかどうか不安でもある。この不安を越えるためにもっと書こうとするのかもしれない。

（1991.6.25）

忘れえぬ女《ひと》

病人の自宅介護に携わっていると、一日があっという間に過ぎる。三度の食事、体位転換、検温等、決まった時間に行うのだが、それでもふっと所在のない時間もある。そんな時、何げなく画集を開く。絵を見ることは楽しい。特にうつくしいものは私を茫然とどこかへつれ去る。時代も場所も越える。何よりも絵の中では外を流れる時間と異なって、停まっていてくれるからいつでもその人にあえる。

その人物画「忘れえぬ女」（一八八三年油彩。クラムスコイ。モスクワ・トレチャコフ美術館）は冬の朝、馬車に乗って誰かを見おろしている。「美術館」でつけられている題名は「ニェイズベスナヤ」どこの誰ともわからない「見知らぬ女」という意味で、この絵が日本に来た時、展覧会で「忘れえぬ女」と名付けられた。通りすがりに見て忘れられない印象を残した女という意味だろう。去って行った愛する女という風にもとれる。文学的、日本人好みの命名で展覧会での人気は高かった」という。

上等の毛皮に身を包み、華やかな帽子かざりの下でツンと見おろしているのだが、よく見ると涙ぐんでいるようにも思われる。私はこの絵を机のうえに十日ばかり置いた。するといつの間にか腕にあたり本に押され斜めになる。斜めからでも彼女は私を見つめる。網膜に執拗にからんでくる。しかし何かピタッと視線が合うのではない。私を越え、さらに何かを越え彼方を茫然と見ているという風なのだ。それは多分、悲しみのゆえだろう。が、やさしく慈愛に満ちている。

かなり奇妙な空想に違いないのだが、私は彼女の視線の一点に鹿野武一を佇ませる。実在の人であったが今は亡い。ただ詩人石原吉郎のエッセイ「ペシミストの勇気について」を通して知った忘れ得ぬ人間の悲しみだからである。彼らはシベリア収容所でかろうじて人間であったか、あるいは人間性を剥奪されていたかもしれない。「ハバロフスク市の第六収容所で、二十五年囚鹿野武一は、とつぜん失語状態に陥ったように沈黙し、その数日後に絶食を始めた」という。彼の絶食四日目、石原吉郎も又絶食すると言った。その二日後、彼は告白する。「鹿野は、他の日本人受刑者とともに、「文化と休息の公園」の清掃と補修作業にかり出された。たまたま通りあわせたハバロフスク市長の令嬢がこれを見てひどく心を打たれ、すぐさま自宅から食物を取り寄せて、一人一人に自分で手渡したというのである。鹿野もその一人であった。そのとき鹿野にとって、このような環境で、人間のすこやかなあたたかさに出会うくらいおそろしいことはなかったにちがいない。鹿野にとっては、ほとんど致命的な衝撃であったといえる。そのときから鹿野は、ほとんど生きる意志を喪失した。これが、鹿野の絶食の理由である。人間のやさしさが、これほど容易に人を死へ追いつめることもできるという事実は、私にとっても衝撃であった」という。現代詩文庫『続・石原吉郎詩集』に「和解――Kに」という詩がある。Kとは鹿野《カノ》である。どんな和解が成立したのか私には抽象的でわからないが悲しみに触れる。

我にもどり窓の外を見ると竹ヤブが揺れ、急斜面の山に杉が並んでいる。なぜか霞のように手ごたえがない。しかし山峡という地は何も孤立無援ということばかりではない。一枚の絵の前でハバロフスクがレーニングラードになったり過去が現在になったりする。白想の中で私は自由になる。「ニェイズベスナヤ」よ、今度はあなたの視線の中で誰に逢えるだろうか。

（「詩学」一九九七年六月号）

ひみつ

忘れ難い葉書の一行がある。

その一つは、第十回現代詩人賞を受賞された大木実氏からいただいたもので、亡くなられる一年前のものである。拙い第二詩集をお送りして、返事などいただけるとは思っていなかったので、なおさらのことであった。

「……ご恵送くださり有難うございました。あなたの哀しみ、こころの痛みにふれるおもいです。叫ばず怒らず静かに対象に対う姿勢を感じます。もし私の読み違いでしたら、おゆるしください……」

この「もし私の読み違いでしたら、おゆるしください」という、謙虚な一行に今でも頭をあげることはできない。

詩誌や詩集をいただき、お礼をしたためようとする時、それは、一枚の葉書に、感想を述べるにしても、私はとても困難な思いに陥る。ふと、『柴の折戸』の中に挟んだ、この葉書を抜き出して繰り返し読む。
現代詩文庫『大木実詩集』の中に「秘密」という詩が二つ載っている。『柴の折戸』の中にも一つ載っている。

秘密

誰にも言わない
言わないできた
秘密をいくつか
胸に持つ

少年の日　本屋で
本を盗んだこと
（あのときもし
捕まっていたら
どうなったろう）

青年の日
くちづけをした夫人のこと
（あのときからだ
女を謎と
おもうようになったのは）

深い渕を
のぞいた時の
眼の眩むおもい
おもいだすたび

（『柴の折戸』）

すべてまっすぐ私のこころに向かってくる。一人の詩人の作品の秘密を読むことは、興味深い。つまり、秘密をひみつにしないで、表現するそのことに私は非常に親しみを持つ。
私にもとうとう母に言わずじまいになった秘密がある。千屋の家の古い食器棚の下の引き出しに、母はよく木材の商いをした現金を置いた。今、誰も住まない家の、その引き出しを開ける。古びた財布や黄ばんだノート、それには人夫のメモや、肥料、農薬のことが記録してある。木肌のやわらかい一角に札が何枚か束ねてあった。それを一枚抜いて、当時、貧乏学生であった恋人（現在の夫）に手渡した。今で言えば一万円か。数日後、母はきびしい口調で詰問した。が、私は毅然と否定した。

この七月、母が死んでから慌ただしい二ヵ月が過ぎた。その後、長かった介護疲れと、えたいの知れない空白がやってきた。なぜか私は繰り返し『柴の折戸』を読む。平明で純粋で、しみじみと染み込んでくる。亡き母の二歳年長で、偶然にも享年は同じ八十二歳である。

この老年を見つめた詩集は一つの魂の戦後史である。一番大切なもの、それはそう多くはない。あるいはただ一つであるかもしれない。それをうたってこられたように思う。一人の人間が、詩集の中に生きていることを実感したのである。

「もし、私の読み違いでしたら、おゆるしください」


（「詩学」一九九七年十一月号）

「深き淵」より

『野火』（大岡昇平）には強い衝撃を受けた。何回か通読しながら感動する場面は同様に心が震えた。しばらく次の読書に入れなかった。舞台はフィリピンの戦場で、屍体や飢えや死の予感、敗退を通して人間の精神の実験、あるいは冒険の場所となっている。主人公は病気になり、自分の中隊からも病院からも見放され、敵にたたきのめされた野をさまよう以外ないのだ。その道々に起ることを心理描写している。

私は自分の跫音に追われるように、歩いて行った。私はふと前にも、私がこんな風に歩いていたことがあったと感じた。……私はこういう想起の困難もまた初めての経験ではないこと、近代の心理学で「贋の追想」と呼ばれている、平凡の場合にすぎないのを思い出した。……ベルグソンによれば、これは絶えず現在を記憶の中へ追い込みながら進む生命が、疲労或いは虚脱によって、不意に前進を止める時、記憶だけ自働的に意識より先に出るために起る現象である。……私は半月前中隊を離れた時、林の中を一人で歩きながら感じた、奇妙な感覚を思い出した。その時私は自分が歩いている場所を再び通らないであろう、ということに注意したのである。……そういう当然なことに私が注意したのは、私が死を予感していたためであり、……未来に繰り返す希望のない状態におかれた生命が、その可能性を過去に投射するのではあるまいか。……とにかくこの発見は私に満足を与えた。それは私が今生きていることを肯定するという意味で、私に一種の誇りを感じさせたのである。

――というから、いかに客観的、心理分析により勇気ある行動を保てたか。驚くべき冷静さである。私は少々の病で手術、入退院を繰り返す度に落ち込むが、この田村一等兵の精神の強靱さ、また柔和さといったものに、鼓舞されること大であった。十八章には、旧約聖書の詩篇一三〇の一の「われ深き淵より汝を呼べり。主よねがわくはわが声をきき……」少年の時、暗誦した詩句が頭の中で翻ったという。そのあたりから精神に変調を来たして行く。そして「狂人日記」へと進む。終行は「神に栄えあれ」で完。しかし、何と言っても心に残る場面は、死に瀕した兵士が「何だ、お前まだいたのかい。可哀そうに。俺が死んだら、ここを食べてもいいよ」彼は右手でその上膊部を叩く。飢えた胃に恩寵的なこの許可が、却って禁圧となり、その食べ物から離れていく。「汝の右手のなすことを、左手をして知らしむる勿れ」（マタイ六章）の声を聞くことによって。

　石原吉郎もまた、大体同年代で戦火に巻き込まれた。『石原吉郎――昭和の旅――』（多田茂治）を開く。大岡昇平は、一九〇九‐一九八八で七十九歳の没年。石原吉郎は、一九一五‐一九七七、六十二歳の没年。石原の骨を引き出した焼き場の人は、「六十二にしては随分骨が傷んでますなぁ」と呟いたそうだ。石原吉郎は一九四五年以後シベリヤ各地の強制収容所を転々とし一九五三年に帰還。『望郷と海』には、戦後八年間もシベリヤに抑留されたラーゲリ体験を記す。零下四十度の強制労働、栄養失調、密告、想像を絶する苛酷さ。彼は帰国直後最も衝撃を受けた書物として、フランクルの『夜と霧』と大岡昇平の『野火』を挙げている。

石原吉郎はこう記している。

〈すなわち最もよき人びとは帰って来なかった〉。〈夜と霧〉の冒頭へフランクルがさし挿んだこの言葉を、かつて疼くような思いで読んだ。あるいは、こういうこともできるであろう。〈最もよき私自身も帰っては来なかった〉と。今なお私が、異常なまでにシベリヤに執着する理由は、ただひとつそのことによる。私にとって人間の自由とは、ただシベリヤにしか存在しない……

(『サンチョ・パンサの帰郷』あとがき)

私は帰国後フランクルの『夜と霧』を読んで大きな衝撃を受けましたが、何よりも私の心を打ったのは、フランクル自身が被害者意識からはっきり切れていて、告発を断念することによって強制収容所体験の悲惨さを明晰に語りえているということであります。このことに思い到ったとき、私はながい混迷のなかから、かろうじて一歩を踏み出す思いをしたわけです。

(「断念と詩」)

思えば、『野火』の作者も似通った体験によって、戦場の悲惨さを明晰に語り得たのではなかろうか。

石原吉郎は、「耳鳴りのうた」を酒が入ったせいもあろうが、彼としては珍しく自画自賛したという。後年自ら書いた解説によると

「おれが忘れて来た男」は「シベリヤへ忘れて来た男」と読まれて差支えありません。「耳鳴りのうた」のモチーフは多分に、フランクルの『夜と霧』の中の「すなわち最もよき人びとは帰って来なかった」という言葉に負うています。……「おれが忘れて来た男」または「最もよき人びと」は、このような自由とわかちがたく結びついています。以来「苛酷なまでに自由な男」のイメージに憑かれつづけて来たといえます。

（「耳鳴りのうた」について）

石原吉郎には、「死」という詩「現代詩手帖」（一九七七年十一月号）発表直後、突然の死が訪れる。信濃町教会の池田伯牧師が次のような葬儀の辞を述べたという。

旧約聖書の詩篇第一三〇篇、その冒頭に見える〝ああエホバよ、我深き淵より汝を呼べり〟。ここで〝深き淵〟とは、神を呼び得ないところのことである。絶望的体験のさなかのことである。この旧約聖書の詩人は、その神を呼び得ぬところに在って、なお神を呼ぶ。……私は石原さんを思うて、その思想情況あるいはその位相の、この詩篇の詩人になんと近いかを思わざるをえない。……

（『石原吉郎――昭和の旅――』）

『野火』にもこの詩篇の冒頭が記されていて心を揺さぶられる。お二人には遠くからでも、お目にかかりたかった。「ロシナンテ」十九号に発表された「耳鳴りのうた」。

おれが忘れて来た男は
たとえば耳鳴りが好きだ
耳鳴りのなかの　たとえば
小さな岬が好きだ
火縄のようにいぶる匂いが好きで
空はいつでも　その男の
こちら側にある
風のように星がざわめく胸
勲章のようにおれを恥じる男
おれに耳鳴りがはじまるとき
そのとき不意に
その男がはじまる
はるかに麦はその髪へ鳴り
彼は　しっかりと
あたりを見まわすのだ
おれが忘れて来た男は
たとえば剝製の驢馬が好きだ
たとえば赤毛のたてがみが好きだ
たとえば銅の蹄鉄が好きだ

その男なのだ

（「緑」二十三号、二〇〇九年十一月）

銅鑼のような落日が好きだ
筥へ背なかをひき会わすように
おれを未来へ ひき会わす男
おれに耳鳴りがはじまるとき
たぶんはじまるのはその男だが
その男が不意にはじまるとき
さらにはじまる
もうひとりの男がおり
いっせいによみがえる男たちの
血なまぐさい系列の果てで
棒紅のように
やさしく立つ塔がある
おれの耳穴はうたがうがいい
虚妄の耳鳴りのそのむこうで
それでも　やさしく
立ちつづける塔を
いまでも　しっかりと
信じているのは
おれが忘れて来た

鮮やかな感受性

季節の移り変わりは早いと年毎に思う。オダマキの花が散る頃の山里はまだ肌寒いが、ガクアジサイが咲き柿の実が落ち始めると地温が上がり、畑の野菜もぐんぐん伸びてくる。ホウセンカ、百日草、朝顔も、それぞれの姿を主張して、もう初夏である。こんなよい季節にも人は死ぬ。小さな部落で、一人の人が亡くなると、とても淋しくなる。

私は長く自宅介護した母や妹を亡くした時、どんな風に葬儀を行ったか、まったくうわの空で、しきたりだけが、通り過ぎて空虚でたまらなかった。以来人様の葬儀やお別れ会には足が向かなくなってしまった。体調を崩したこともあるが、夫にばかり参列してもらっている。私ばかりかと思いきや、実に毅然と物申す詩人の、エッセイに感銘をうけた。

茨木のり子の「花一輪といえども」には、このような一節がある。「以下はまったく私個人の感想になるのだけれど、私は葬儀万般が嫌いである。好きな人は無かろうと思うものの、とむらいとなると変にいきいき楽しそうになる人もあるので困却する。生まれた時は訳がわからないのでお宮まいりに連れて行かれようが、……仕方がないが、生涯のしめくくりは「このようにする」と言い残すことはできるのである。……日々の出会いを雑に扱いながら、永訣の儀式には最高の哀しみで立ち会おうとする人間とはいったい何だろうか？　席を変えてお酒などのむ時もしみじみ故人をしのぶでもなく、仕事の話、人々の噂で呵呵大笑《かかたいしょう》、あっけにとられるばかりである。……行かないことは、また来てもらわないことでもある」後藤正治『清冽』によれば、これ以降、自身の後始末にさまざまな手はずを整えていたとある。自分を律する何という強靭さであろうか。この後、あまり残された時間はもうなかったのだ。活字化された最後の「詩」と思われる「行方不明の時間」がある。その最終連は、

目には見えないけれど

この世のいたる所に
透明な回転ドアが設置されている
無気味でもあり　素敵でもある　回転ドア
うっかり押したり
あるいは
不意に吸いこまれたり
一回転すれば　あっという間に
あの世へとさまよい出る仕掛け
さすれば
もはや完全なる行方不明
残された一つの愉しみでもあって
その折は
あらゆる約束ごとも
すべては
チャラよ

「チャラよ」のブラックユーモア、限りないさみしさ、何ものにも寄りかからなかったその姿勢に、弱く迷い多い私は強く引かれる。

また、平成二年ごろのこと、ボストン交響楽団が来日し、茨木のり子は伯母を誘って演奏会に出向いた。演奏の前、交響楽団は来日の儀礼ということか、「君が代」を演奏した。周りのほとんどの聴衆が起立したなか、茨木はじっと座っていた。小声で、甥夫妻の治と薫にこういった。「今日、私は音楽を聴きに来たのでね……。私は立たないけれど、あなたたちは好きにしなさい」そして「鄙《ひな》ぶりの唄」を「櫂」第三十号に発表。これはボストン交響楽団の来日から時を経ているがこの日のことを想起した詩であろう。

鄙《ひな》ぶりの唄

それぞれの土から
陽炎《かげろう》のように
ふっと匂い立った旋律がある
愛されてひとびとに
永くうたいつがれてきた民謡がある
なぜ国家など

もものしくうたう必要がありましょう
おおかたは侵略の血でよごれ
腹黒の過去を隠しもちながら
口を拭って起立して
直立不動でうたわなければならないか
聞かなければならないか
　私は立たない　坐っています

演奏なくてはさみしい時は
民謡こそがふさわしい
さくらさくら
草競馬
アビニョンの橋で
ヴォルガの舟唄
アリラン峠
ブンガワンソロ
それぞれの山や河が薫りたち
野に風は渡ってゆくでしょう
それならいっしょにハモります

〽ちょいと出ました三角野郎が
八木節もいいな
やけのやんぱち　鄙ぶりの唄
われらのリズムにぴったしで

「自分の感受性くらい自分で守ればかものよ」という何ものにもとらわれない肉声が聞こえる。付け加えれば、吉本隆明が『対話』を読んだ評の中に「茨木さんの詩のもう一つの特色は、言葉で書いているのではなくて、人格で書いているということだ。この人の持っている人間性そのものが、じかに表現に出ている」とある。読むことによって、詩人の歓びや哀しみ、その時代に触れることはとても楽しい。そして、「わたしが一番きれいだったとき」に戦争に遭遇し、自分と社会とのかかわりを、新鮮な感受性で探求した足跡が、よく見えることに心を打たれる。

（「緑」二十八号、二〇一二年七月）

作品論・詩人論

救いと恍惚

粕谷栄市

恍惚の一瞬、その世界とそこに生きている自分が一体となっていて、しかも、そのことすら、既に自分の意識にない、生の充実と超越の時間。

田中郁子が、詩を書くことで、ひたむきに希求し、模索しているものは、そのことであろうと思われる。

その高貴な衝動が、どこから、彼女の肉体に訪れたのか。詩集『晩秋の食卓』に収められた二十四篇の作品から、私たちは、そのことをはっきりと知ることはできない。

確かに、そこからは、自然に囲まれて、家族とさまざまな関わりを持って、ひそやかに生きている、一人の女性の暮らしの歴史をかいま見ることはできる。

だが、彼女に「詩」を書かせているものは、単に、その暮らしのなかで、彼女の感じる日々の喜びや悲しみだけではないのである。

もちろん、血のつながる人々の病気や不在、別離などの事実が、彼女をゆさぶって、彼女を「詩」に駆り立てる契機になっていると言うことはある。

だが、そこで、彼女の立つ場所は、当然だが、彼らとともに生きる、日常と地続きの世界ではない。言い難いことだが、敢えて、大げさに書くならば、彼女の肉体のみ知る、無垢の生命の世界、一切が、この世の約束から解かれて、あらわに実在する別世界なのである。

『晩秋の食卓』の作品は、そこに立つ彼女の新鮮な現実だ。常に、彼女が、それを実現しているとは言えないかも知れないが、彼女は、自然に、本能的に、そうせざるを得ない。

天与の資質と言えるものであろう。同時に、表現の未知に挑む、困難な運命を担わされているとも言えるかも知れない。

予感に導かれて、日常の現実のなかから、ほとんど無防備で、田中郁子は、出発する。

その現実は、彼女によって、あらたに構成され、一篇づつ、一つの劇、一つの物語をはらんで、私たちのまえに現れる。

クズの原

クズの原に何度か立ちつくしたように思う
蔓は地面をはい草木にまきついてわきたつ
わたしの足もとにしたたしく寄ってくる

病んだ母の胴体にまきつく日
わたしは処方されたロヒプノールでねむらせる
いま　ねむりの方へ渡る時　うっすらと眼をあけ
死のようにほほえむ

黙らなければならなかった農婦よ
痛みはあちら側でほどかれるのだ
加えて告げることがあるなら
いく度でもクズの原で聞くよ

わたしはふりきって谿の斜面に立つ
ふたたびの今日　繁茂するクズの前に両足をそろえる
するとたちまち　複葉の蔓にまきつかれ
背丈の雑木になっている

あるいは　わたしはクズであったのかもしれない
己だけの蔓をのばし己の手足をしばり野をはう
まつ毛を葉群れにうずめ耳　あごを沈める
それから陽をうけるだけのしろい恍惚となっている

やがて葉腋から紅の花穂が上向いて咲く
ただそのことがわたしを釘づけにする
花穂はついに毛ぶかい莢となってうなだれる
ただそのことだけが過ちでないように思われる　（全行）

詩篇の部分引用が、嫌いなので、『晩秋の食卓』から、ごく任意に引いた一篇である。
特に、詩人を代表する作品ではないが、ロヒプノールでねむる、病む母とともに、幻のクズの原で、クズに変身する詩人は、人間の生と死の亀裂で、まぎれない、巫術の経験を生きている。

問題があるとすれば、その彼女に訪れる「しろい恍惚」が、この作品では、クズである彼女だけのものであり、病む母や彼女を含む世界全体のものでないことであろうと思う。

「詩」が私たちの心身にもたらす歓び、田中郁子が願っている、そのことによって、生のあらゆる苦痛や死を超える、真の解放の時間が、いまは、間近にあることを実感できるだけである。

しかし、それは、まちがいなく、やってくるであろう。詩人が、日々を生きる現実への認識は、歳月とともに、さらに深いものとなっているからである。

同時に、それらを土台にして生まれる彼女の想像力の劇は、より自由に、普遍的なものになってゆくであろうからである。

つまり、彼女自身を貫いて、あらゆる人間の運命に通じる「詩」の永遠を、田中郁子は、最初から、血のなかで信じている人間の一人であるからである。詩集の最後に置かれた詩篇「マサエの世界」は、そのことを感じさせる、私にとっては、曙光の一篇である。


敢えてふれなかったが、詩集の題名となった詩篇「晩秋の食卓」のなかの不思議な平安。死んだ父や遠く病む肉親とともに、この世の「空家」で、独り、一つ一つ名を呼んで、板の間を拭く詩人といて、自分も、何ものかから、救われる思いをする、懐かしく悲しい時間を、永く、私は忘れないと思う。

（「すてむ」七号、一九九七年三月）

田中郁子詩集『ナナカマドの歌』について

新井豊美

田中さんが住んでいらっしゃる新見市は、山陰の松江と山陽の岡山をむすぶ伯備線が中国山地の分水嶺を越えて、岡山県に入ったところにあるふるくから開けた街道筋のまちである。岡山で暮らしたことのある私は新見の名を度々聞くことがあったが、そこに行く機会もなくすぎてきた。近年このルートで松江から岡山に出る機会があって、初めて小高いところにある駅のホームから新見のまちを見おろし、深い山地を抜けてきた目にこのまちが、新たに見い出されたかのように感じられることを知った。まち並は南向きの斜面にそって広がっているが、田中さんの詩の舞台としてしばしばうたわれる「千屋」はここからさらに山に上った高原にあるらしい。この高原一帯は古来から牛の飼育が盛んで、後で触れるつもりだが今回の詩集『ナナカマドの歌』の中の「唄の行方」には、この地方で古くから催されていた牛市がうたわれている。詩集を通して知るのみだが、田中さんはこの千屋で生まれ育った方で、父母なきあと無住となった生家にいまも通い、家や畑を守りつづけていられるらしい。そこは彼女の生地であるばかりでなく累代の血の流れる土地、一木一草のそよぎにも人々のおもいがこもる魂の土地であり、田中さんのすべての詩集に、千屋の豊かな自然とうつくしい四季が実に生き生きとうたわれている。詩人が一貫して新見を離れることなく日々の思いを書き続けてこられたのはこの「千屋」あってのことであり、わたしが魅了されるのはそれをうたう田中さんの眼の深さ、おもいの深さ、詩を生み出す豊かな直感力、そしてそれを語るために磨かれてきた洗練された言葉の魅力にあることは言うまでもない。

このたびここ十年間に編まれた詩集『晩秋の食卓』（一九九六年）『紫紺のまつり』（一九九九年）『窓とホオズキと』（二〇〇二年）を通読してみると、今回の詩集『ナナカマドの歌』で田中さんは新たな飛躍をとげられたように思われる。もちろん詳細に見ればそれは突然の飛躍ではなく、徐々に現れた必然的な変化ではあるのだが、

「飛躍」と呼びたいのはそれがひとつのくっきりした形を得たことにあるようだ。たとえば巻頭に置かれた「締まらない戸」という作品の冒頭の、「わたしが戸締まりをしようとすると／どうしても締まらない戸があるのです／きのうまで　きちんと締まったのですが／去ろうとするとどうしても締まらないのです」を読んで、これまでの詩集からこの家は田中さんの生家で、「戸締まり」をしている「わたし」は作者自身だと思う。それでは、ここから五行後の「この日　あの子はとうとう帰ってきませんでした／もう三十年前からこの日にはかならず帰ってきたのです」とある「あの子」とは誰だろうか。亡くなられた妹さんだろうか。いや「閉ざされた板戸の前に立つ／声をかけようとするのだが／向こうの人も声をかけようとしているようで／ことばはのみこんでしまう／／わたしはほんとうは恐ろしかったのだと思う／あるいは／わたしの知らないわたしが人形のような目をして／ももいろに燃える夕方をいつまでも見ているのが」（「わたしの知らないわたし」より）とあるように、この「わたし」は「わたしの知らないわたし」であり、わたしはいつの間にかわたしであってわたしでない「あの子」になっているのではなかろうか。

これまでの田中さんの詩集の「わたし」は、わたしという唯一の存在が発する明確な主体の声としてあった。だが、ここで読者が出会う「わたし」は、田中郁子というひとりの主体を無化した「誰のものでもない」声で話しかけてくる。それは「古い家」に棲んで田中さんが帰ってゆくのを止めようとする霊たちの声、生まれ変わり生まれ代わりして続いてゆく「自然」の「いのちの声」と言ってよいかもしれない。タイトルが採られた作品「ナナカマドの歌」の「わたしはちちやははから生まれたのでした／けれども　ちちやははわたしから生まれたのでした／やはりススキが銀色にひかる季節でした／高い山のすそ野でした／そこにはススキの原がみわたすかぎりひろがって／波うつしげみに深く生まれたのでした」とうたわれた生まれ変わり蘇りして続いてゆく「わたし」の声は、田中さんの声であると同時に遠いちちはははの声でもあるひとすじの「いのちの声」だ。ここには閉ざされた自我の解体ののちの広やかな自我の再生がある。新たな世界をひらいてゆくこの誰のものでもない「わたし」の声を、詩人は「ナナカマドの歌」と名付けたのだと思う。

ところで、さきに書いたように田中さんの生地千屋はふるくからの牛の生産地だが、ここで売買される牛たちは飼い主のせめてものおもいやりで背にコモをかけ、その上のユタンの四隅には飾り物がつけられ、藁靴をはかされて晴れの姿で売られていった。作品「唄の行方」の低音部には馬喰たちがうたった遠い「牛追い唄」が流れている。

「夜明けの大脳皮質の上に／まっくろけの牛があらわれ／まっくろけの牛の背には／コモがかけられ／ユタンがかけられ／いちばんおとなしい牛の背には／白無垢の花嫁が縄でしばられ／ぞろぞろとぞろぞろと／牛　牛　牛があらわれ」。この牛たちはどこからともない「遠景」から現れて、彼女の夜明けのまどろみの中をひとつながりに「ぞろぞろとぞろぞろと」現れ去ってゆく、重い沈黙の残像なのである。このひとつながりの牛たちの姿に、詩人が何を見ているのかをあらためて書く必要はないだろう。一見この詩は古く懐かしい風景をうたった懐古的な作品と見えるが、はかなく飾られた牛たちのいのちの受苦のくろい残像が読者であるわたしに与えるものは存在することの不思議であり、かなしみであり、田中さんのこれまでの作品を読み返した中でこの詩は、詩人が一貫して語り、問い続けてきた世界をまるごと担うすぐれて象徴的な作品である。

（「すてむ」三十七号、二〇〇七年十一月）

感情の失禁　言葉のまつり

田中郁子詩集『紫紺のまつり』を読んで

岡島弘子

あとがきによると、「脳出血で、突然、母は寝たきりになった。およそ八年間、本人の望みどおり自宅介護を続けた。無我夢中の、共に生きた日々から生まれた作品である」とある。倒れた母に寄り添い、生と死の際をさまよった体験が記されている。だから母に付き従って境界線の向こう側にさまよい出てしまう、そんな危うい作品にも出会う。

正面のガラス一枚が無人をつげる
無人の屋根を大黒柱がささえている
――また風を通しに帰ってくるから――
わたしはひとつまたひとつ石を降りる
やがて石からはなれ家からはなれる
つながりからはなれる
水の方へ向かう
いかなる風も吹かなかった
ただ　一匹の鯉をひそめた水がゆれる
あの人といっしょに水の上を歩いた

これは詩集冒頭の詩「水がゆれる」の後半だ。この場合の「石」は「幼年の足うらが覚えている土蔵の石段」である。ここにはさまざまな記憶、この世のしがらみなどのもろもろのいのちのたたずまいがこめられている。その「つながりからはなれる」のだという。そして「あの人といっしょに水の上を歩いた」と記す。

「あの人」のいる「水の上」は作者にとってはこの世でもあの世でもない、どこでもないところ。原稿用紙でいえば欄外にあたるだろうか。しかも「無人の屋根を大黒柱がささえている」欠落した場所。無の場所。そんな場所から作者は歩きだしている。この詩集はそこから書きすすめられていく。「無人の屋根」は母を失った作者の心の中だとすれば、それをささえている「大黒柱」は作者の詩の言葉、というふうにあてはめることができる。

その、言葉だけを携えて内側から離れる。外側の「水の方へ向かう」。

　このようにして作者は心の境界線もまた越える。例えば「あの人」はいまは亡き母をさすのだろう。

「あなたは雪をたべるたびかるくなっていったが／すこしずつ重たくなっていくものがあった／わたしは　ついにわたしを産んだ母を／次々と堕ろすようになっていった」

　これは「ショートステイ」という作品の一部分だが、こうした厳しい介護体験を経てじょじょに作者の中で母の持つ意味が消滅し、本来の母が「あの人」に変質していったのだろうと私は考える。「あの人」のみならず「あなた」「おかあさん」「老女」、そして単なる記号としての「母」という具合に、この詩集の中ではさまざまに呼称が変化する。それは母と作者との感情の境界線が微妙に揺れ動くのを表している気がする。

「こんな日はサングラスをかけてしまう／あなたが母だろうかと近づいて遠のいて／食べたい喉の動きをしらじらとみる」

　次ページの「サングラス」という詩の一部分を挙げてみた。感情の境界線があまりに険しく越え難いとき、作者はサングラスをかけてしまうのだという。「コレイジョウメイワクハカケタクナイという」母の思いと、「クダデリュウドウショクナンカタベサセナイカラネ……」という作者の思いがぶつかりあって白熱するとき、昂ぶる光を鎮めるのはサングラスだ。この場合のサングラスを詩心というふうに置き換えて考えると、この詩集のもつ意味がまたひとつみえてくる。母の死を看取るという人生の大きな課題を冷静に見極め果たすことができたのも作者が携えている詩というサングラスのおかげだからである。とはいえ、きれいごとだけではすなまい赤裸々な表現に出会って胸を衝かれる。

「一度だけ　わたしはあの人の胸に顔をうずめた　あふれるものをあふれさせ　母さんごめんよといった　尿意も便意も捨て去ったオシリを打った日のこと「他人にぶたれるよりはましだよ……」　こうして許されていくのがこわかった」

「きのうの夏」という詩の部分である。愛と憎しみとの境界線がゆらぐ。さらに母と娘の関係もゆらぐ。「こうして許されていくのがこわかった」という行は母と娘の境界線が乱れ、逆転していくのが「こわかった」のだろう。

Ⅱ章はこれらの葛藤を越えて昇華した詩が並ぶ。風土とからめながら民話ふうに語る語り口はファンタジックだ。作者は軽やかに生と死の境界線を行き来する。

「もはやリンゴはひとつもなかったが娘はリンゴを失うことは永久になかった　数えきれない日と夜のリンゴの中からオイシイオイシイという声を聞く世界に移っていったのだ」

「りんご」という詩の最後の部分だ。死を待つばかりの老婆のために十年間リンゴを煮続けた娘。なにも喉を通らなくなってもにおいがただようとオイシイオイシイと答え続けた老婆が死んだ。その後の物語である。死の周辺は華やかなリンゴのにおいに飾られて何と賑やかなことか。死が活性化すれば生もまた活性化する。ときに感情の失禁を交えながら繰り広げられる、この詩集は母と娘のまつりである。そしてそのいのちのまつりなのである。

（「すてむ」十五号、一九九九年十一月）

「日を編む」人

水島英己

田中郁子の『ナナカマドの歌』から聞こえてくるものは、ひそかな声の切実さである。「にんげんの無数の訣別と約束の日々」（「ナナカマドの歌」）を歌うのだが、そこから浮かびあがるのは、ベンヤミンの比喩で言えば、〈生きられた生活という絨毯〉（「プルーストのイメージについて」）に他ならない。織るように歌い、歌うように織り上げてゆく。しかし、織物（テクスト）そのものが問題なのであって、詩人が経てきた場所や歳月での個人的な生の哀歓――織り込まれた経糸や横糸を突き抜けたところで、この声は「にんげん」の生と魂の行方を、問い直すのである。忘れ難い一行「波うつしげみに深く生まれたのでした」（「ナナカマドの歌」）がある。「深く生まれ」るという言葉ほど、この詩人を代表するものはない。銀色のススキが一面になびく野原で、「ふるいちちやはは」の生誕という奇蹟が演じられる。「あたらしく生まれる」彼らは「わたし」にむかって「いってきます」といいつつ「わたし」が「いま　きた道を／やすらかに帰っていく」。「いっていらっしゃい」と「わたし」は手を振る。「いってきます」と「いっていらっしゃい」というありふれた日常の言葉が聖句のように響き、生み出されたものと生むものとの入れかわりが果たされる。声が生むのは、思想や観念ではなく、感情でさえなく、「あたらしく」「深く」生まれることへの祈りである。

田中郁子は「冬」の詩人でもある。「はてしなく降る白の旋律」（「白の旋律」）を伴いつつ。春、「もくれんの花が咲いているというのに／雪がしんしんと降ってくる」（「降ってくるのだ体の中に」）。出征の父をおくる記念写真の背後に咲いていた木蓮。今はじめて、その「もくれんの木がゆれている／知らなかったよ／さよならと手を振っていたのだ／気づかれてはならなかったのだ」ということに気づく。詩人にとって季節や花々、総じて自然とは作品以上のもので、それは深く生きていて啓示に満ちたものだ。セピア色の写真のなかで、木蓮は長い歳月をゆれていたのである。「気づかれてはならなかったのだ」という感懐の射程は深くて苦い。

切実な声だからといって、ユーモアがないわけではない。シャクナゲの蜜を満喫した蜂たちが、レースを編む「わたし」の周りを飛び交う（「日を編む」）。「誰にも見えないものを編んでいると　それは自分の顔以外に編むものはなく（略）ただクスクスと笑う以外にないのである　何度もほどいてきた自分の顔に向き合う時　体すれすれに跳びまわる蜂は　わたしのひそかな笑いを　外に漏らさないように　羽音をたてて　幾重にもまわってくれているのだ　と思われてくる」。この笑いは、エデンから追放され、もはや無垢ではありえない自意識を抱え込んだイブの笑いかもしれないが、私には聖母の笑いのようにも思える。

岡山の新見という雪深い「聖地」で、ひそかな声がひそかに編みこまれてゆく。それは、性急で野心に満ちた文学の「求婚者」たちを拒絶するペーネロペイアの仕事である。

（「現代詩手帖」二〇〇七年十一月号）

限界集落に生きる「をんなうた」

新延拳

今年は「青鞜」が創刊されて百年目である。この間、女性が書く詩歌は大きく変わった。しかし、その変わり方は一様ではない。ときにその時々の時代に殉じるように見えるものもあろう。そうやっていろいろな世代を巻き込みながら徐々に変わっていくのではないか。

〈生きかはり死にかはりして打つ田かな　鬼城〉私は詩集『雪物語』を読んでまずこの村上鬼城の句を思い起こした。山村に生まれ育った作者が、限界集落となった今も年に何ヵ月か過ごす家郷の様子が、雪の結晶のように昇華した詩集である。「――田は田であるところと田でなくなったところがあるが／――田はただ田であり続けたい――白い息を吐いて言う／そこにはわたしの影が長い列をつくってうなずいている」（「ノドの地」）。累代この土地にしばりつけられ、耕し続けてきたが自分の代でそれが終わる。その断ち切られる断面に存在するという意識。父母、親類、村人たちへの追憶が、カットバックのように立ち現れ、せつない。むろん作者は家や集落の意識に埋没するのではなく、個の自覚をしっかりと持った詩人である。「去る日に後ろを振り向く／一億年前の馬が見たものが畦草の中にあるのではないかと」（同）というように、時にシュペルヴィエルの馬のような眼をもって景色を見たり、ブルターニュの海岸に立ったり、フラ・アンジェリコ作「受胎告知」の壁画がある十五世紀フィレンツェのサン・マルコ修道院の庭に迷い込んだりする。あるいは、イタリアの詩人クワジーモドの詩が現前の景色と一体化する。そして自ら確認する。「蟬のようにはげしく鳴くもののいのちは／納得してこの手に握ることができる／納得してふたたび飛び去らせることができる」（「蟬の中の一本の樹」）。そう、自分にも激しいものがあるということを。そしてそのような人生もありえたのだと。

作者は老いの意識だけではなく、実に瑞々しい「をんなうた」も見せてくれる。「誰かが見上げた花をあなたが見上げ／今　わたしが見上げているのです／どこかでウグイスがきよい声で歌うので／語りかける言葉がなくなってしまいました／この時　はじめてあなたがこの世から去ったのだと／はっきりわかったのです／／あなたがうっとりと小鳥の声を聞いて／わたしがうっとりとただ聞いているだけなのです」（「挽歌」）。すばらしく艶のある心のこもった恋歌ではないか。

優れた詩は自閉的な感傷だけを読者に提示するのではない。読者に希望も与えてくれるものであってほしい。「やがて　もうすぐやってくる日常を越えた夢の世界に　足をかける　薔薇の花飾りの帽子をかぶり　白薔薇を一輪　胸に抱いて大切なあの人に届けに出かけてしまう　深いよろこびに満たされ未知の世界を飛びまわる時がきたのだ　土ばかり耕してきた生涯の中で一番幸せな日だったかも知れない」（「十月」）。

やはり詩歌は不易流行。新しい意匠をまとったものが意外と古びやすかったりする。その点からいうと『雪物語』は新しい。青鞜以来百年、さまざまに花開いた「をんなうた」の中において、嶮しいがそれゆえに美しい道をゆく詩集であると確信している。

（「現代詩手帖」二〇一二年四月号）

現代詩文庫 219 田中郁子詩集

発行日 ・ 二〇一五年十月三十一日

著　者 ・ 田中郁子

発行者 ・ 小田啓之

発行所 ・ 株式会社思潮社

〒162-0842 東京都新宿区市谷砂土原町三―十五

電話〇三（三二六七）八一五三（営業）八一四一（編集）八一四二（ＦＡＸ）

印刷所 ・ 三報社印刷株式会社

製本所 ・ 三報社印刷株式会社

用　紙 ・ 王子エフテックス株式会社

ISBN978-4-7837-0997-8 C0392

現代詩文庫 新刊

201 蜂飼耳詩集
202 岸田将幸詩集
203 中尾太一詩集
204 日和聡子詩集
205 田原詩集
206 三角みづ紀詩集
207 尾花仙朔詩集
208 田中佐知詩集
209 続続・高橋睦郎詩集
210 続続・新川和江詩集
211 続・岩田宏詩集
212 江代充詩集
213 貞久秀紀詩集
214 中上哲夫詩集
215 三井葉子詩集
216 平岡敏夫詩集
217 森崎和江詩集
218 境節詩集
219 田中郁子詩集
220 鈴木ユリイカ詩集
221 國峰照子詩集